生命长一点

普玄 著

作家出版社

如潮一般奔涌的不是水，而是人。一场突如其来的疫情正悄无声息地进入一座千万人口的城市，正包围着几千个社区和几百万个家庭，正偷袭着无数个孩子和老人。

　　在庚子年之初，在中部城市武汉，从四面八方朝医院里奔涌的，是如潮的人群。

　　我们，你们，他们，那些奔涌的生命，那些行走和拥挤的人群，那些社区里商场里家庭里单位里的人，我们都是城市的孩子。

——题记

目 录

第一篇
危急时刻

城市和孩子

城市病了

这个孩子还不知道她的城市生病了，还不知道她的家人里面有八个人染上了这种病，包括她的妈妈。她还不到一岁，只有十一个月，但是，突然之间，她所有的亲人一下子都不见了。

这个病叫新冠肺炎，它以不可思议的速度袭击着中部城市武汉，袭击着湖北和全国。

2月14号早上，美德志愿者联盟的成员冯丹丹在群里发布一条微信，说她居住的武汉市洪山区铁机路保利城小区有一户人家的男主人求助。他家里一共十口人，其中有八个人感染新冠肺炎，分住在市内不同的医院，家里仅剩他和孩子，并且他也是疑似病人，这个十一个月大的孩子肺部拍片也已感染，只是没有做核酸检测。现在，孩子的爸爸正要准备到医院住院检测治疗，这个孩子怎么办？

这个消息让群里所有的人都震惊了。

做决定的是美德志愿者联盟的汤红秋、徐斌和陶子。

还有一个孩子。这个孩子还没有出生，还不知道性别。这个孩子的母亲，在全城交通管制、疫情蔓延、四周弥漫着恐慌的时候即将分娩。孩子哪一天出生，是上天定的，由不得人，但是怀孕的母亲却面临一个问题，无论她到哪一家医院生孩子都极其危险，几乎所有的医院都挤满了疫病患者和等待检测的人。

这也是十万火急的事，也需要迅速做决定。

每天都有一大堆这么急的事情要做决定。

武汉这个城市已经患病三十多天了。

这三十多天，有时候觉得快得像三天多，有时候觉得慢得像三十多年。

城市病了。

汤红秋知道城市生病是她听到了"封城"的消息。腊月二十九的晚上九点，她开着车从汉口穿过长江隧道到武昌，她感觉到自己应该是最后一辆从隧道穿过长江的车。前面没有一辆车，后面也没有一辆车。明天就是大年三十啊，往常每年这个时候，过江隧道都是满的。她如同开在一条幽深的峡谷，她似乎忘记了自己是从哪里来的，又往哪里去。她感觉到她的车穿过这条隧道之后，这条隧道最后就要关闭了。也许从此就关闭了。

武汉"封城"了！

这条消息袭击了所有的武汉人、中国人和全世界，也如一颗闷雷在汤红秋头脑里爆炸。一百年来，武汉没有封过城！一百年来，战争发生过多少次？洪水发过多少次？在汤红秋的记忆和老辈人的记忆里，都没有听说过"封城"。这个城市肯定发生了一百年来最严重的事情！

这个事情人们都知道了。对于很多武汉市民来说，知道归知道，它有多厉害却不知道，很多人觉得它还很遥远，它还和自己的生活没有关系，但是突然"封城"，让人们都明白了，它和每个人的生活都有了关系，一件大事发生了。

志愿者汤红秋（八〇后，翻译）口述：

我们这个志愿者团队最初没有名字，名字是后来取的。最初是六个人，两三天后发展到六十个人，现在有六百多人。没有工资，不管生活，很多人倒贴车费油费，甚至自己还捐赠。为什么发展这么快还能坚持到今天？我也很奇怪。

大年三十那天，"封城"的消息一直在我脑海里回旋，让我茶饭不思。到了晚上九点，春节晚会开始不久，我憋不住了，开始给武汉的几个朋友打电话。我一共打给了五个人，第一个是郭晓。我说，晓晓，看样子城市很严峻，我们是不是要做点什么？否则人生就会留下遗憾。她立即回复我说，可以，我们一起看看能为这个城市做点什么。然后我又分别打电话，最后一个打给徐斌。

我记得当天晚上给徐斌打了几个电话，我觉得他是朋友里面比较有主意的一个人，最后一次打电话是夜里三点多，徐斌在电话那头迷迷糊糊地说："你还让不让我睡觉？"但随即说话的声音变清晰了。

就这样，没有名字，没有共同的办公地点，没有工作计划、方案、目标，只有一股想干点事的冲动和一个微信群，我们就开始了。

混乱的时候

新组建的微信团队似乎不知道干什么，很多人彼此之间都不认识。

大家只知道往群里拉人，似乎人越多越好，大家只知道募集资金和物资，这是传统的经验告诉他们的。第一笔资金是千里马机械供应链公司捐赠的，该公司的董事长杨义华和徐斌同是中国民主促进会会员。徐斌还利用他的湖北民进企业家支部主任的身份，向另外的民进医药文卫专委会群和其他的会长单位群发布捐赠信息。

刚开始几天大家有点乱。

大家都知道医院里紧缺物资，缺口罩，缺护目镜，缺防护服，缺药品，还缺吃缺喝。疫情正在暴发，交通限行，餐馆关门，似乎什么都缺。

最乱的是救灾物资和信息处理。捐赠的钱要买口罩，口罩也找到了。不知道是中间商还是生产厂家的原因，价格混乱至极。一只口罩从0.66元到5.2元，价格相差七八倍，如果不买转瞬就没有了。并不一定价格便宜就不好，质量如何谁都不知道，只能通过网上查看。湖北仙桃市的口罩和外省市的防护服在混乱中预订了。如何运输却不知道，又开始忙下一个环节。

城市病了，大家都没当过城市的医生，只能根据经验往前走，但是，来自医院里和朋友们的告急信息一次一次打破了他们的经验。志愿者余淑芳孩子的同学家长在另一个群里告急，说他已确诊患病，住不上医院，她答应帮忙；志愿者刘唱的先生从另外一个群里也转来一个告急消息，她也答应帮忙。他们以为自己的团体在给医院捐赠物资，医院应该会给一个面子，但是他们人传人协调了一天都没有找到床位。不是有床位不给，而是根本没有。

最让徐斌觉得不能松气的是，他在国博中心协调外地捐赠的一批蔬菜的时候遇到的矛盾。

这是一批来自广东的捐赠物资，捐赠方比较多，是拼凑而成的，土豆、大米、蔬菜等农产品捐赠方，通过美德志愿者联盟要送给广东省援汉的医疗队。徐斌去对接的时候，遇到了问题。第一，车队司机们除了身份证和货物清单之外，什么都没带，按照武汉市"封城"规定，没有赞助单位公函的车是无法出城的；第二，司机和广东方的联系人都不知道广东医疗队在哪个医院服务，住在哪里，与谁接头，电话多少。车已经来了，怎么办？首先，把货卸下来再联系人。他们在群里喊话，找仓库，找下货的志愿者。他们到国博中心附近一家由朋友捐助的仓库下货时，出事了。下货的是两个不同团队的志愿者，一方是红十字会的志愿者，一方是美德招募的志愿者，这两班志愿者要打起来了。

起因是言语不合。

有一个志愿者在议论网络上传播的有关"红会"的传言,"红会"的十名志愿者由辽宁阜新的九个人和天津的一人组成,当即停工,指责徐斌,说他没有把来自广州的车队司机证明办好。

架没有打起来,徐斌反复说好话,但是"红会"的志愿者气愤地离开了。

志愿者徐斌(民进会员,管理者)口述:

　　刚开始什么都乱,外面联络乱,内部协调乱,经过最初的几天混乱之后,我们意识到这个临时团队应该分工和管理。混乱的信息需要管理,财务、物资、外部联络、质量监督等,都需要管理,于是我和汤红秋还有几个核心成员开始给大群分组,分组以后建设小组群。这个时候才想起来给我们这个志愿者团队起名字。我们一商量,叫美德吧,为什么叫联盟,这是一种胸怀。除了分组,我们还对群成员进行安全管理,还给这个临时团队设计了一个徽标,我们甚至还成立了宣传组,后来还建立了心灵方舱。

城市的孩子

十一个月的孩子全家八个人患病,把陶子震住了。她是美德志愿者团队外联组负责人,她在群里发信息,求助联系医院和护送人员，首先要确定孩子是否也患病。一位志愿者回复，说武汉市儿童医院同意给孩子做核酸检测；群里又有一位志愿者回复，她愿意带孩子去检测。

另外有一个十二岁的东北孩子，他父母到武汉当志愿者去了，他由爷爷奶奶带，他每天都要和父母视频通话，反复交代父母注意安全。他的父母，就是在武汉国博中心和徐斌的志愿者团队吵架差一点打起来的十个人中的两个。

这个叫佳妮的孩子全家生活在广州。大年初一，她刚刚接到家人给的压岁钱。她在电视里得知远在千里之外的武汉"封城"的消息，她没有去过武汉，她每天都在听她的父母议论武汉。这个孩子决定把她的压岁钱买成二十箱手套寄给武汉，寄给那些在疫情中需要的人们。孩子的妈妈联系上汤红秋，她希望快递寄到以后志愿者们能拍个视频给她，说这是孩子的心愿。

陶子是武汉这座城市的女儿。她十五年前离开武汉，在苏州安家。她和武汉这座城市的联系并不单单是她的父母和亲友在这个城市，也不是这个城市里有她的业务客户。

刘唱和余淑芳也是汤红秋的朋友，她们在疫情全面暴发之前离开武汉，刘唱去了广西北海，余淑芳去了浙江杭州，她们本来准备去旅游过年，却因为是武汉人，在旅游地被隔离。余淑芳全家在当地被隔离十四天，期满检测全家无人感染，检查部门放行。但是因为他们是湖北武汉人，酒店不敢让他们再住了，好在余淑芳从事酒店业，通过朋友关系周转，在杭州租住下来，但是不能在杭州行动，也不能回武汉。刘唱在北海也大致差不多，一家人住在一幢房子里不能外出。她们用手机和家乡武汉的汤红秋联系，被汤红秋拉进志愿者团队。

滞留在远方的这个城市的孩子们每天都在等待着城市康复的那一天。待在广西北海的刘唱和杭州的余淑芳都说她们现在特别想念这个城市，想念往日讨厌的堵车的样子，也想念那种喧嚣和车水马龙。现在好想回到那个满大街都是尾气，满街叫骂的城市和那个时候。现在这个城市突然被按了暂停键，她们特别痛苦。

被困在城里的志愿者们也按捺不住了，他们每天都在关注着疫情的数字变化，关注着物资，关注着这个城市每天的一切。刘启安并不是土生土长的武汉人，他出生在河北，大学毕业后一直生活在武汉。他对武汉的方言、拥挤、汉骂一直抵触，他过去在火车上飞机上听到人们谈论武汉总是心生异样之感，但是这次疫情让他对这个城市产生了新的感觉。

城市的形势越来越严峻，这一群由热情和冲动聚集起来的志愿者每天承受着巨大的压力。他们开始觉得自己的力量太小了，自己是一杯水，解不了城市的渴。

他们每天晚上都在微信群里碰头，很多次碰头都一无所获，甚至是一片沉默。有人甚至不敢在群里发消息，一发就是坏消息。

有一回陈蓉在群里只发了一个字——哎。她还没有发下文，就能感觉到几百人的群在震动！所有的人都在担心新消息。

刚满十八岁的志愿者徐强本来已经随父母在美国读书，他回武汉是举办成人礼仪式，没想到赶上武汉的疫情。他开着自己的车每天当志愿者。妈妈劝他不要干，因为太危险了！他不听妈妈的话，坚持每天早出晚归。远在美国的妈妈一边流泪一边叮嘱他保护好自己。

这是一次特殊的成人礼。2月10号，他送三套防护服给一个去医院看病的一家三口，因为怕传染，他们接头的时候只能相隔十几米，徐强把防护服送到指定的地方，眼看着那个女孩和父母取走才放心。接到防护服的女孩对着他离开的方向，远远地三鞠躬。

这是一次刻骨铭心的成人礼。它有遗憾也有疼痛。徐强送美德联盟一家赞助单位老总秘书的父母去医院，但他却不是医生，也无回天之力。某一天，那个秘书打电话让他帮忙去接人，他忙得没有空，等空闲下来打电话过去，对方用低沉的声音告诉他，不用再去接了，其中的一位老人已经去世了。

至暗时刻

徐斌还在为广州来的那一批货着急，两个属于不同团队的志愿者架虽然没打起来，但是都扬长而去。"红会"的志愿者开车回了国博中心，美德联盟的志愿者也陆续散去。仓库附近只剩下几个人。天太冷了，大家都缩着脖子。徐斌开始不停地打电话，他打了三个多小时电话，联系广州捐助的各个层级，寻找广东的医疗队，寻找可以解决司机出城问题的各方人士。他把手机电池打光了，又掏出充电宝，边充电边打。

他看着天色一寸一寸暗下来。他开始饿了，手一直发抖。徐斌认为天色是在他的胳膊和手腕的抖动中一点一滴暗下来的。他开始给三个司机联系盒饭。有一个司机缩在驾驶室里坚决不开门，他认为外面的空气会传染他。后来人们反复劝他，他才接下盒饭。

徐斌没有吃饭。他吃不下去。

他不知道这两辆车会停到什么时候，也不知道他什么时候才能回家。

这是美德联盟搭建的第三周。

联盟发起人汤红秋后来说，最艰难的时候在第二周和第三周。

郭晓和陶子也都说，第二周和第三周是"至暗时刻"。

有人在喊加油。有些电视和报纸也天天在喊：武汉加油！武汉加油！志愿者们都觉得不对劲。喊来喊去身上还是没有力量，油加不上来。这个城市需要更大的力量来帮助：似乎需要更多更多的医生护士，似乎需要更多更多的物资。他们这点捐赠完全是杯水车薪，似乎只能看着它一天天病情加重，似乎只能默默流泪而无可奈何。

每天都有无数个坏消息传来。

在医院里排队的人，有的等到五六个小时甚至七八个小时，只能拿点药回家去，一个床位似乎就是一条命。医院大厅里病人、待诊人员和护理人员，相互穿梭相撞，如集贸市场和养蜂场。群里面求助的信息太多了。志愿者说他们每天早上打开手机，里面都有一千多条求助信息。

得病而没有住上院的人，通过朋友转朋友告急。在医院排队的人有的排七八个小时，有的晕倒，有的抱住往往医生的腿不放；待在家里隔离的人一天一天严重，打市长热线，打120急救，打警察电话，都打不进，打电话的人太多了；病人或病人亲友只有疯了一样四处求助发微博发微信朋友圈或者打电话。

住上医院的人情况也未必好多少，这是一种新型病毒，目前没有治疗这种病毒的特效药。天天都有死人的消息，有的死在医院，有的死在家里和外面。

报纸和电视天天在宣传在建的雷神山和火神山医院，似乎这两所医院一建好就可以解决问题，但是志愿者们天天和医院打交道，这两所医院只能容纳两千六百人，从每天的求助信息来看，远远不够啊。

汤红秋上国学培训班的一个同学是一家医院的护士。那个护士说她们上班一天只有一个口罩和一套防护服，一上班就要穿十个小时。有一天医用口罩没有了，有个护士不敢去给病人打针，受到领导训斥。那个护士坚持不住了，她大哭着要辞职，随后十几个护士都闹着要辞职。她们打仗可以，但要有盔甲和子弹啊！这个消息扯动着汤红秋的心。

汤红秋和上海的朋友陈蓉共同募集到了一批资金，想买一批医用口罩给上海支援武汉的医生护士，也给她这个同学的医院一批，但是等她们筹到了钱，她们联系的生产口罩的厂家却停产了，坊间传来的消息说，因为春节工人加班工资高并且原材料稀缺。

怎么会停产？

现在是打仗！医生护士就是战士，前面战士没有子弹，后面还有一批一批的人往上冲！这是干什么啊！汤红秋在电话里和陈蓉两个人哭了。

这个城市会不会倒下？这个城市似乎要倒下了。

陶子就是在这一段时间崩溃的。有一天她给一个七十五岁的确诊老人在医院找床位，打了三个多小时电话，说得口腔都溃疡了，还没有协调好，她一下子崩溃了，大哭起来，打电话对着汤红秋大吼：汤红秋！你为什么要把我拉到这个群啊！

志愿者郭晓在团队里负责物资对接，她的工作一半在室内一半在室外。她要和医院打交道，要协调其他人，有时候也亲自出门送货，工作充满风险。有一个志愿者司机在送医生和病人的时候感染，几天以后离开了人世。郭晓对接物资的时候基本上都要忙到夜里一两点，加上每天都听到坏消息，精神接近崩溃。

那一阵子她天天失眠。一旦感染了怎么办？她当然可以撒手不干，但是她不干了这个城市还有那么多人，又怎么办？

有一天夜里，她睡不着觉，忽然想起要留遗嘱。

我一旦感染，我的父母怎么办？她问她先生。

她要先生承诺，万一她感染，他一定要赡养她父母。

她先生承诺完毕，打电话给汤红秋，说，你们这些志愿者都变成神经病了啊。

城市接力

十一个月大的孩子被志愿者抱着在武汉市儿童医院做了核酸检测，结果要一个星期之后才知道。这一个星期孩子待在哪里？如果离开医院，谁来带孩子？孩子会不会传染别人？在医院里住下边打针边等结果当然安全一点，但是医院提出要求，必须有一个完全健康的人全程陪护。谁来做这件事？

愿意在医院陪护孩子的志愿者找到了，她是志愿者小崔，一个没结婚的小姑娘，另外还从其他志愿者团队组合了一个男生。他们两个都没有带过孩子，但是在这么急的情况下实在找不到有整块时间又愿意去做的人了，只有他们顶着上了。

那就开始吧。两个新手学着带孩子，轮流倒班，一个人十二小时。

找到他们两个陪护孩子前后用了二十四个小时左右。

给那个即将生孩子的孕妇送防护服的事也解决了，前后用了不到二十四个小时。最先发现这个需求信息的还是冯丹丹，她半夜给汤红秋打电话，送防护服的是徐斌，他在一个天很黑的夜晚从南湖的桂安社区出发，先到江夏区去拿防护服，又送到青山区的白玉山康达社区孕妇家中，来回接近一百公里。徐斌清楚地记得那天送到的情景。那个孕妇的丈夫姓黄，他们的社区被封了，他是翻墙出来拿防护服的。他给徐斌打了张收条，上面写上了他的姓名电话，还写了下面两行字：

谢谢你们，你们辛苦了！！！

武汉加油！！！

2月21日晚，孕妇生产了，一个健康的女婴！

志愿者陶子（姓名陶俊玲，销售从业者）口述：

我们这个团队做事，大部分靠接力。没有哪个人有那么大的本事能解决所有人的问题。比如这个十一个月大的孩子，她的防护服是一个人送的，口罩是另一个人送的，送到儿童医院做核酸检测是一个人，带孩子又是另外两个人。有些人我们并不认识。我们帮助过的人给我们打电话或者发微信，说你们派人送的东西我们收到了，但是我们并没有派，他们都是自愿的，我们只知道一个微信名或网名。

这个孕妇的故事也是。冯丹丹找汤红秋，汤红秋找到我，我就在那个大群里发公告，因为我是那个群的管理员，我@了所有人，然后就搜那个孕妇的地址，把地址发出来。消息发出后，有几个人私信联系我，说要提供防护服，这个时候郭晓很细心，她提醒我说孕妇要住院，防护服要好一点的。我就问那几个志愿者，结果防护服质量不够好，最后到夜里徐斌大哥才帮忙落实下来。

今天有一个药品接力的事最搞笑。有一个朋友给我打电话，说要买胰岛素，他住在武汉市很远的郊区东西湖。我把信息发在群里，三十秒之后有两个人跳出来。一个说有药，另外一个人就住在附近。现在送药是大问题，城市的交通禁行了，快递只有顺丰和邮政，顺丰这么远的郊区也不送。结果呢，两个半小时以后，那个人告诉我，我们派的人把药送到了。他们两个是如何对接的？骑自行车还是什么方式？不知道，他们也没有加我微信。

这就是我们团队的特点，做事不留名。每个人都觉得自己做的是一点小事儿，是应该的。

志愿者刘启安为武昌民族路社区联系喷雾器的故事，也是一个典型的接力。刘启安在湖北省人社厅有一个朋友在微信里发出需求，说他居住的社区里紧缺一个消毒剂喷洒的喷雾器，这个平常不起眼的东西现在成了紧俏物资，每个社区只发一个。他那个社区的喷雾器杆子坏了，喷雾器漏水，清洁工喷洒消毒剂的时候，整个背上都淋湿了。这么冷的天，多难受啊！有没有人会维修？或者有没有人出售这个东西？

刘启安让陶子和陈蓉两个在群里发消息，一两天都没有人接这个活儿，这个东西离我们今天的城市生活似乎太远了。

后来，刘启安让他们学校的后勤人员到乡下的农资商店去买。他们学校在鄂州市华容区，那里也全城封锁了。从乡镇买到后送到学校，没有办法送到武汉，怎么办？刘启安打电话给当地参加抗疫的书记，由书记把喷雾器带到鄂州市抗疫指挥部，又请抗疫指挥部用顺路车带到武汉，在武汉由志愿者接收，再送到社区。这么一个小小的消毒物件，最后到达社区，经过了五次接力。

徐斌为广州来捐赠货物的司机协调出城手续的事情在天黑以后仍然紧张地进行着。从广东省直一部门到车队，又从车队打电话到一个县里的农产品协会，才找到捐赠的个人。总之，得协调一家单位盖章才能出城。出城难当然不方便，但是不严格也不行。这个手续也是一个空中接力，三四个小时以后，证明开到，发到徐斌手机上。这个时候，一个送货的司机突然冒出一个问题。他在武汉只待了几个小时，连车门都没出，回去如果被隔离十四天怎么办？必须要一个单位证明，证明他只待了几个小时。这件事又怎么办呢？

徐斌哭笑不得，又开始一个一个电话联系。

等待着那一天

志愿者小崔开始在医院里面陪护那个十一个月大的孩子了。疫情发生之前，她是一名销售员，加入美德志愿者团队之后，她的工作是帮忙联络信息，并调配接送医护人员上下班的车队。现在她和一个叫周杰的男生轮流照顾孩子，虽然很忙乱，但也很有成就感。她面对的是一个这么有朝气的新生命。

三个小时喂一次奶，用二百毫升水兑六勺四分之三的奶粉。抱着孩子的时候最有意思，她虽然不会说话，但是机灵的大眼睛会到处看。她的眼睛盯住一个地方不动时，就是要睡觉了。

孩子喜欢音乐，用手机放儿歌给她听，她会拍手！身体也会随着音乐晃动！他们用视频联系上孩子的妈妈池女士，让池女士看看孩子，池女士病情已经好转。两个没带过孩子的志愿者把孩子带得这么好，大大出乎她的意料。

七天之后，医院里核酸检测结果出来了，这个十一个月大的孩子没有染上新冠肺炎。

消息传到群里，大家都乐坏了！这个孩子，真是百毒不侵啊！

城市在明显地发生着变化。

志愿者徐斌认为变化是从方舱医院建设以后，人流向医院里潮涌的现象开始缓解，再就是全国医疗队和军队医疗队一批一批进入。还有一个变化，就是社区，这个上千万人口的大城市，现在才叫封住了。

这个城市没有倒下。

他们期待的一股更大的，来自国家的力量已经到来，正全面铺开发力。

随着城市的明显变化，美德志愿者的工作方向也开始发生变化。现在募集资金和物资已经不是主要工作了，政府采购力量加大，全国大批调配物资以后，美德志愿者团队开始朝城市服务发力。

社区老人、滞留在武汉的外地人、养老院等成了他们服务的重点。

他们把二十吨84消毒液装卸运送到武汉的六十家养老院，用了四个志愿者车队，志愿者们全部用的是私家车；因为"封城"，酒店关门，很多滞留在武汉的人找不到住宿的地方，他们给滞留在火车站附近在地下隧道里住宿的人送被子和开水，方便面和面包；在一个老社区，里面的住户年纪偏大，大多不会使用手机网上购物，"封城"之后，附近的超市都关门了，他们联系了四吨大米和蔬菜，给两百多个老人逐一发放。

正在前方帮广州的运货司机协调卸货和司机相关证明的徐斌在现场碰到戏剧性的反转，他协调好司机证明的时候，天已经黑了，那一帮气愤得扬长而去的"红会"志愿者，那九个来自辽宁阜新和一个来自天津要和徐斌的志愿者团队打架的一帮人，又开着车返回了。

现场传出了六七十年代在农村才听到的号子声，不知道是谁开始喊的，有人在车上扔，有人在车下接，有人在扛包，有人在码货，一片嘿哟嘿之声。

"红会"志愿者胡佳、李国庆中间休息的时候，给徐斌点烟，说，都是志愿者，不打不相识！

徐斌被公认为整个团队最坚韧的人。他用他的沉默、定力和宽厚陪伴团队度过一个又一个混乱而艰难的日子。每天晚上他们几个核心人员都要开视频会议，会上大家都发牢骚，他并不劝解，只是听，甚至不用安慰，大家发完牢骚第二天接着干。有人在说抗疫快胜利了，但迟迟也不到来，大家都问徐斌什么时候是头儿，他说他也不知道。

结束就是头儿。

他比谁都关心疫情结束。他说，武汉一直是我的城市。

陶子说，我今天跟我的一个客户说，我一直低估了我们这个城市和老百姓。我原来认为人都是自私的，但是通过这场疫情我才明白了普通平凡人之间的那种力量，他们团结在一起，力量真的非常非常大。

汤红秋说，我现在特别想很多很多朋友，大家在一起即使在外面很乱的夜市，只要大家是健康的，我们在一起，吃饭，喝酒，赏花，只要是热闹的，只要在武汉。

母婴之家

家住汉口的涂娟决定带两个孩子到武昌去游玩的时候，完全没有想到有一个东西正在悄悄地渗透和包围着她舒适的生活和她所生活的城市。2020年1月19日，她带着即将小学毕业的女儿和两岁半的儿子去武昌东湖边的植物园和花市游玩，又逛了菜市场，到超市买了年货，她看到的是和他们一样毫无防备的人们，看到的是扑面而来的春节气息。总有一些突如其来的事情像刀尖一样刺入我们的生活，譬如第二天就全城议论哗然的病毒，譬如涂娟弟弟的孩子突然病倒的消息。

弟弟的孩子

弟弟的女儿只有十个月，她从打疫苗开始到突发高烧再到住院只有几天，这个过程和整个武汉市面对突然降临的新冠肺炎一样，已经十万火急了人们都还不相信，也不愿相信。

涂娟的弟媳在1月19日带孩子去打疫苗，她沿途没看见人们戴口罩。1月份以后，人们隐隐约约听说了有人得传染病的消息，但这丝毫没有引起城市的紧张。人们都认为国家医学这么发达，"非典"的事情不可能再重演一回。

1月21号，涂娟接到弟弟的电话，弟弟的孩子打了疫苗后就高烧不退。涂娟和弟弟一家都认为是疫苗反应，当时医生也认为是。弟弟和弟媳带着孩子去了武汉大学人民医院，注射了两天头孢，依然不见好转。武汉大学人民医院的医生给孩子做了检查，发现肺部有点问题，不敢确诊。

从1月20号开始，武汉的市民在得知新冠肺炎确定人传人，已经有医护人员感染并有人死之后，各种消息铺天盖地而来。国家领导人也批示了。人们这才突然从舒适缓慢的生活中清醒过来。很多人跑到药店去买口罩，但一个一个的药店都没货了，与防护消毒有关的药品物品大都没货了。

武汉大学人民医院的医生和涂娟的弟弟弟媳都不知道孩子高烧不退是否和这种传染病有关系。医生建议他们带孩子尽快到省妇幼医院检查住院。时间是1月22号，离过年只有两天了。

23号早上，涂娟的弟弟弟媳抱着孩子赶到湖北省妇幼保健院，孩子因肺部感染已经呼吸衰竭，立即送进了ICU重症监护室，下了病危通知书。

涂娟接到弟弟电话的时候正在家里哄儿子，她哄孩子的时候有些心神不宁，她挂念着弟弟的孩子去住院的消息，她不知道孩子到底得了什么病，这个病严重到什么程度，她不知道孩子这个病和她每天在手机和网络上看到的新冠肺炎有没有关系，她祈愿不是这种病。她和弟弟弟媳此前多次在微信小群里讨论分析，他们都认为孩子不会得上这种传染病，因为孩子的爸爸妈妈没有被传染，孩子没有传染的渠道和源头。

涂娟正在犹豫是不是改变过年计划。往年过年她都随丈夫回他老家孝感。丈夫家是个大家族，丈夫的父辈有姊妹九个，四男五女，他们用几十年的时间繁衍了六十多个后人，分别在北京、上海、深圳、武汉等城市居住，涉及的工作种类有十几个，每年过年，合家团聚，吃土菜，喝米酒，几代同堂闹到正月十五，已经是个常态。但她又挂念着弟弟的孩子，如果病情太严重，她觉得今年应该改变计划。

弟弟的电话这个时候打来了。

她完全不敢相信弟弟说出的消息。

一个十个月大的孩子，呼吸衰竭，进了ICU病房！

涂娟随后听到了弟弟的哭声。

我当时觉得眼前一片黑，天都要塌了。涂娟说。

涂娟再打电话过去，弟弟已经不接电话了。弟弟和弟媳两个人蹲在省妇幼医院的台阶上哭。

有一阵电话打得很乱。涂娟打给弟弟弟媳，电话打不通，她给大妹妹打，大妹妹也给弟弟弟媳打。涂娟的父母住在弟弟家，他们知道孩子去了医院，却联系不上涂娟的弟弟弟媳，也给涂娟和她妹妹打。涂娟在混乱中理清思路，让妹妹开车去武昌，到医院里探个明白，同时在电话里瞒住父母。

涂娟的父母怀疑孩子得的是新冠肺炎，但是儿子儿媳却说不是，孩子得的是一种肺病，具体情况却不清楚，他们就不停歇地给涂娟打电话求证。孩子的病叫重症肺炎和脓毒血症，医生说这种病死亡率在百分之四十。

涂娟知道过年回丈夫的老家是不可能了。

她得瞒住父母，也得瞒住丈夫老家的亲友们，她得和弟弟弟媳及妹妹通话，鼓励大家坚持住，她得在家里维持一日三餐做过年的饭菜。

她做什么都没有心思，心里像有一只秤砣坠着。

弟弟说不清楚孩子的病情，他们对这个病完全是陌生的。他们只有上网查，网上的介绍太可怕了。她不敢看，却又忍不住一次一次去看。弟弟说孩子要做腰椎穿刺，十个月的孩子做腰椎穿刺会怎么样？她恨不得自己去做这个腰椎穿刺，去承受这个磨难。

孩子怎么样？已经进了ICU还能怎么样？

当天，涂娟听到一个让她自己和全武汉人都震惊的消息，武汉"封城"了！

无声之家

有一阵子涂娟仿佛生活在几个世界里。她和丈夫、孩子，他们被困在小区里出不去，这是一个世界。她和父母、几个姊妹建了一个微信群，这是第二个世界；为了瞒住父母，不让他们知道孩子的病情，她和弟弟、妹妹建了一个小群，专门讨论孩子的事，这是第三个世界；她丈夫的家族大微信群，这是第四个世界；她还有另外的世界，譬如她的同乡同学群，譬如她被好友拉进了一个志愿者群，譬如她后来在志愿者群里倡议组建的母婴群。

一个微信群好像就是一个家。

涂娟觉得那一阵她和整个武汉市的人一样，每天都在悬着一颗心，每天都在屏住呼吸生活。家里没有声音，丈夫小心翼翼，两个孩子也小心翼翼，大家都看她的脸色，空气像凝固了一样。他们姊妹几个和父母的微信群里也没有声音，父母要去医院里面探个究竟，但是一连多天都没有任何消息。他们天天盼着医院有消息，又天天害怕有消息，一天一天熬。父母一次一次打电话，泪水已经哭干了。"封城"了，他们不可能到医院去，只有打电话给涂娟。很多时候打通电话也没话说，因为他们知道的信息差不多。

医生说了，着急没有用，没有消息也许就是好消息。

她和弟弟妹妹的小群也没有声音。弟弟弟媳不敢当着父母面哭，只有偷偷躲到房间里面哭。大家都不敢在那个群里发话，生怕是坏消息。

外面都静悄悄的。

往日一千多万人口的城市静悄悄的，往日热闹的社区静悄悄的，往日晨练的公园静悄悄的。

让涂娟吃惊的是她认识的熟人里面有人被传染上了新冠肺炎。涂娟家住武汉市郊区黄陂，她的微信里有老乡群和同学群，大家在过年的时候相互问询，传递信息。涂娟没有告诉大家她不回老家的原因，但是从微信圈里，却了解到一个信息，她家老房子紧挨着的一对老年夫妇，两个人都被传染上了。她把这个消息告诉父母，父母都觉得后怕。如果他们年前回了老家，和邻居之间相互走动，会不会也被传染上？他们第一次觉得这个电视报纸网络上天天在说的新冠肺炎原来离他们如此之近。

有一天，涂娟女儿同学的妈妈打电话过来，问她孩子们寒假作业的事儿，涂娟回答完，随口问了一句疫情，没想到把对方问哭了，他们家有三口人都被传染上了，其中还有一位老人。女儿同学的妈妈就在隔壁的小区打电话，涂娟伸着脖子都可以看见他们那个小区，涂娟挂断电话之后望着那个小区一直发呆。

也许在隔壁小区，也许本小区就有，甚至本楼栋，也许就在眼前。

涂娟的丈夫有一个同事，父母都感染上了，都六十多岁，他们正在商量一些救助办法，前后只有四天，就有一个老人去世了。这个消息传来，原本想说句什么的涂娟和丈夫，两个人对望一下，都不知道该说什么好。

不见面的母婴之家

组建母婴之家，涂娟一开始是没有想到的。她的朋友汤红秋把她拉进美德志愿者微信群的时候是大年三十，她当时正在为弟弟的孩子流泪，还在紧张和绝望之中。在随后的一周，她每天看着微信群里忙捐钱和捐物，忙着向医院里送货，忙着安排人接送医护人员，她像一个看客。她没有心情做群里的事，不想吃饭，夜里睡不着觉。她在客厅里坐着陪孩子们，陪着陪着，会突然跑到卧室里去流泪。

是更多紧急的信息和更多苦难的人一点一点把她从那些绝望的日子里拉出来的。

涂娟口述：

在守候弟弟的孩子消息的那些绝望日子里，我开始关注志愿者群里的消息，当时很多群都是静止的，只有这个群最忙。我能做些什么呢？我似乎没认识几个有钱的老板，找不到捐赠；我也不认识那些生产和经营医疗物资的厂商，当时铺天盖地的信息都是缺医疗物资，我也没有医疗物资和物流方面的专业知识。我能干什么呢？我看到群里面有很多求助信息，而又无能为力。我想到弟弟和弟媳，想到我自己家，我觉得我就是那些苦难求助人群中的一员，他们就是我，我也是他们。

后来我发现这个几百人的群里有很多人和我一样，也不认识有钱的老板，也不认识医疗厂商，大家凭着一颗心，做点力所能及的事。后来有一次机会，让我感觉到自己还有帮助别人的能力。

那是从外地捐给武汉的一批生活物资，群里商议想捐给最需要的老人们，我刚好认识一些老旧社区的负责人，在汉口的顺道社区、游艺社区和旌德社区，有一百二十户高龄残障家庭，这些人不会上网团购，小区被封锁后又不能出门买菜，生活很困难。我就开始张罗这件事。

对接双方信息，联系愿意帮忙的物流公司，同时又找帮忙下货的志愿者。那天到下午五六点能运四吨物资的物流车还没搞定，第二天又预报有雨，我四处打电话，找到一位同学，联系了一位志愿者司机，免费帮忙运了两次，一直运到晚上十点多。第二天社区干部把物资分发给老人和残障人士，并登记拍照给我们。

我当然非常高兴。我惊奇地发现，特别忙碌地帮助这些弱者的时候，自己居然忘记了悲伤和绝望。我开始明白，我在帮忙做这些事，这些事也在帮我。我发现我还能做点事，我还有用。

我原来是一名幼师，后来生了二胎，专门在家带孩子。"封城"以后，商场超市都关门了，购买婴幼儿用品非常困难，我有这个切身体会。一定有很多人和我一样困难。能不能帮助这些带孩子的母亲呢？这个想法推动着我，让我无法入睡。我就开始行动，这就有了后来的"武汉母婴帮扶群"。

两个星期过去了。

涂娟和武汉这座城市的人们一样，和微信群里的志愿者们一样，都没有想到"封城"会超过两周，都没有想到，两周之后城市里的疫情还这么严重。她两岁半的儿子快没有奶粉了，

"封城"之初，街上还允许走动的时候她是按两周的存量买的，现在小区也封住了，她没有办法买。

这是很具体的问题。一个孩子从出生到三岁，需要什么东西，缺了什么东西就会出事，很多人都已经遗忘了，很多人在这个时候，天天忙着救命大事无法顾及，但是对一个正在哺乳期的母亲，那可是头等大事。肯定有更多的妈妈和她一样甚至比她更着急。

这个时候美德志愿者群已经有六百多人了，她和很多求助者一样，在群里面喊话。她先问群里的志愿者有没有婴幼儿用品或认识卖婴幼儿用品老板的，群里面马上有一个志愿者刘先生应答，他就是孕婴商店连锁店的老板，涂娟兴奋起来。她又在群里继续喊话，问有没有需要帮助的妈妈，马上就有一个一个的妈妈出来和她联系，她把这些妈妈们和刘先生共同组建了一个群，名字就叫"武汉母婴帮扶群"。

这个群一开始有四十多个人，后来稳定下来，一共三十八人。这三十八个人，就是特殊时期临时搭建的"母婴之家"。

涂娟刚开始建群想的只是买母婴用品方便，时间上是短暂的，临时的，她没想到干的事情越来越多，会维持到现在，并且还将持续下去。

她们的和我们的孩子

微信群建立起来之后，首先立规矩。涂娟在群里首先给刘先生说质量和价格，她希望刘先生不要涨价，她希望在这种特殊时期，大家团结互助。她说如果不涨价，她和其他妈妈就确定下来购买，不再拉其他供应商进群。其他妈妈也承诺，目前只有两家快递公司可以邮寄，邮寄到达之后由各位妈妈自己支付运费。

刘先生承诺不涨价。他说他是志愿者，不发国难财，他还在群里承诺，如果有特别困难的母婴或者母婴住院需要的用品，他可以捐助。

妈妈们开始购买，每个人都明白囤货的重要了，大家对开城是哪一天心里都没有底。囤的主要是奶粉和纸尿裤，这是最急需的。

群里面有几个妈妈过年已经回到了老家郊区乡下，她们原本只想住几天就返城，带给孩子的衣服都不够，她们问有没有衣服，刘先生没有衣服，他答应去想想办法，但最后却没想出办法。

有一个婴儿是特殊体质，喝一般的奶粉过敏，需要一种特殊奶粉，孩子母亲四处买不到，刘先生那里也没有，当时整个群都发动起来了，在网上找京东、找淘宝、找蜜芽都下了单，但是却发不了货，很多妈妈在微信里到处发朋友圈求助，但是所有的人都遇到相同的困难。

这是钱所不能解决的。

这个时候妈妈们会陷入沉默。

这些妈妈们大部分都是九〇后，生二胎的也都是八〇后，她们已经习惯了城市，习惯了洋奶粉和各种精致国产奶粉，习惯了用完纸尿裤随手扔，但现在，她们要和她们的长辈一样，面临最基本的问题，譬如半夜给孩子把尿，譬如洗尿片子，譬如母乳喂养。

城市封住了，每个人都得适应，都得变化。

群里面开始讨论母乳喂养。

买不到东西的时候还得靠自己，当妈妈不容易。

有几个年轻妈妈被困在了城市郊区，快递送过去不方便，还有那位奶粉过敏的孩子妈妈，其他妈妈就在群里给她们支招，如何母乳喂养和换尿片子。她们说到郊区那些鱼塘里的野生鱼对催奶的好处，说到催奶的时间性；她们说到如何吹口哨给孩子把尿，她们说到尿片子用什么布料才不伤孩子，事无巨细。这场疫情就是一场战争，在战争状态下妈妈们回归到长辈们带孩子的方法，使用老办法、旧办法，有时还真管用。

涂娟弟弟的孩子也在城市疫情变化的时候从ICU病房转到了其他病房，脱离了最危险的时候。医院里终于允许家人陪护了，涂娟的弟弟和弟媳带上物品，住到了医院里。

从另外的微信群里传来的五个病孩子的信息揪扯着这些妈妈们的心。刘欣某，六岁，急性髓系白血病，现在等移植手术，他父亲也患同种病，为了孩子治疗，自己先放弃手术，经济困难，需要生活帮助。贝贝，三岁十一个月，神母细胞瘤，孩子在医院已治疗两年，此时无钱即将出院，现需要捐助奶粉；小熊，神母瘤继发急性髓系白血病，需捐助奶粉，孩子家长年前过来陪护，"封城"后回不了，需捐助衣物；曹某礼，横纹肌肉瘤……

这些孩子的病，涂娟和其他妈妈有的听都没听说过，她想到弟弟的孩子的病，她似乎看见了弟弟的孩子，也看到了自己的处境。她一遍一遍号召大家捐助，发出善心，帮助他人似乎就是在帮助她自己。

实在帮不上忙的时候，就只有叹息和流泪。

有一个叫帅帅的孩子，一岁九个月，患肝母细胞瘤，母亲姓赵，他母亲在武汉市儿童医院边上租房子陪他住院，因为疫情阻隔，买不到电压力锅、辅食机、肉食，还有其他很多生活用品，求助的消息从其他群转过来，涂娟在志愿者群和其他群里发出信息，一样一样东西居然全部拼凑齐，然后又找愿意送货的志愿者，安全送达。

那天涂娟特别高兴。哦，原来我也可以帮助人啊！

日子就这么一天一天在往前走，城市的疫情也一天一天在变化。全国各地来了几万医护人员支援，城市又建立了方舱医院，疫情在变化。

她弟弟孩子的外公外婆远在襄阳，他们听说孩子因为"感冒"住院了，执意要到武汉来，她和弟弟弟媳用"封城"的消息极力劝阻老人，有些消息还得对老人瞒一下，等将来孩子出院，再和他们说吧。

滞留和寻找

武汉可能要出一件天大的事儿，得知信息的人都陆陆续续朝城外赶，他们要趁过年在外面躲一躲，而另外一些人却在朝武汉赶，他们要趁春节这个空当在武汉打工挣钱或者治病；还有一些在城里的外地人，他们本来可以离开，他们打工的地方大部分人都已经回家过年，但他们却因为很多原因留了下来。

行程和口罩

离过年还有十二天，1月12日，北方民族大学机械电子专业三年级的田风贵带着另外九个同学从宁夏青铜峡上火车，火车穿过宁夏、甘肃、陕西和湖北几省，朝位于中部地区的武汉赶，二十八个小时之后的1月14日晚上十一点多，他们到达武昌火车站；1月17日，又有十一名大学生出发，走同样的路线，于1月19日晚十一点到达。他们一共是二十一个人，来自五所大学。

这二十一个大学生有北方民族大学十三人，宁夏大学一人，银川大学一人，宁夏工商职业技术学院一人；另外五个人来自西安科技职业大学，他们有电信专业、机电专业，有管理学院的、经济学院的和商学院的。除了有三个同学是一个系一个班，另外十八个同学，要么不是一个学校，要么不是一个系一个班。

田风贵是召集人。这个看起来有些庞杂的召集工作对他来说却没有什么难度。

因为他们都是一个共同的少数民族——回族。

因为他们都在一个微信朋友圈里。

他们之所以相信田风贵，除了田风贵有良好的人缘和公信力之外，田风贵去年寒假带着几个人在武汉的经开永旺打过工的经历，也是一个重要原因。

武汉经开永旺是一家集商业、娱乐和餐饮为一体的商业综合体，连续几年来，每年的寒假和暑假都要招一些假期工，这些假期工多半是一些大学生。管吃管住，一天一百三十八元，一个寒假干下来，可以挣四千多元。公司在附近的新新小区给他们租了两套民居，还报销来回车费，这种条件对他们来说还算不错。

简单的一两天培训之后，他们就上岗了，辅助安保和辅助收银，是他们的基本工作。

他们惊奇地发现，武汉有很多人戴口罩了。

家住荆州洪湖市的一对老年夫妻李某宽和李婆婆在春节前赶到汉口同济医院，他们镇医院县医院和荆州市医院一开始把病情诊断错了，李某宽因肝脏肿瘤引发胃痛，地方医院却一直在当胃病治。在同济医院，挂专家号要预约，一般要等好多天，在同济医院附近的宾馆和民居里，住着很多长期求医的病人和家属。今年情况更是不同，医院大厅忙忙碌碌，川流不息，全是戴口罩的人，大家似乎都在忙更大的事儿，完全顾不上他们。这对老夫妇没有钱住宾馆，也不知道要住多久，他们只有日夜在挂号大厅里守着。

李婆婆看见很多人都戴着口罩，她和李某宽两个人却没有口罩。她不明白人们为什么一下子都戴上了口罩。她不知道外面的世界出了什么事儿，他们没有手机，即使有手机也不会用，大厅里来来往往很多人，但是没有人停下来告诉他们外面发生了什么事儿。

他们也想找一个类似口罩或者类似医院里很多人戴着的头盔一样的东西，他们在外面垃圾堆里瞅来瞅去，只找到了一只黄色的塑料袋。李婆婆把这只黄色塑料袋戴在头上，在人流熙攘的门诊大厅里，显得格外扎眼。

王校波和阳裁缝是两个外地来武汉的打工者。王校波来自陕西安康，他在武汉硚口区古田二路附近一家包子店做小工，每个月工资两千多块。王校波两个多月大的时候，父母遇矿难双亡，他由爷爷奶奶带大，初中二年级之后，就外出打工挣钱，每个月寄钱回家，现在，他和爷爷奶奶已经搬离了村庄，在镇上拥有一套属于自己的房子。王校波春节前准备回家的时候犹豫了一下，他想多干几天再走，老板只剩他一个小工了，他觉得小店离不开他。

阳裁缝是四川广安临水人，在武汉市黄陂区佳海工业园一家服装厂打工。他是技术工人，收入高一点，但是他有一个已经上小学五年级却患有白血病的女儿，从2012年确诊开始，阳裁缝为孩子治病花了六十多万元，花光了积蓄，还欠亲戚朋友们三十多万。他在佳海工业园已经三年，每年春节都是服装厂的旺季，他想留下来多挣点钱再回。

王校波和阳裁缝看到很多人戴了口罩，也听说了城市正在流行的传染病，却没想到这个病和自己有什么关系。

冷风和大街

最先感受到寒冷的是王校波，"封城"的当天他就失去了工作，并且丢了手机和身份证。他的身份证夹在手机背后的壳子里面，后来警察问询，他还记得自己的身份证号码，警察查证也确有其人。本来他的老板还准备多做几天，但"封城"的消息让他收了手。那天早上包子店做最后一顿早餐，王校波当时把手机放在外面一张小餐桌上，等他从厨房端一笼包子出来，手机已经不见了。

早餐店老板随后收了摊，王校波也就失去了吃饭和住宿的地方。王校波这才着了急。他连忙朝武昌火车站跑，但是武昌火车站已经关闭了离汉通道。

王校波后来在武昌一家叫泰罗的网吧干了几天，白天吃泡面，晚上睡在网吧里。在武汉"封城"的最初几天，商业活动尚没有完全禁止。王校波知道过年回家是不可能了，他想短暂地将就几天，等开城再说。他最担心的是爷爷奶奶，王校波中途用别人的电话给家里打了几次，电话一直打不通。

大年三十和正月初一，他都是吃的泡面，这看起来有些寒碜，但是和随后的厄运比起来，这都还是幸福的日子。正月初七网吧老板接到主管部门的指令，关门歇业。

王校波随后住了几天小酒店，但每天没有吃饭的地方；又过了几天，眼看着钱快用光了，他既没有住的地方也没有吃的东西。这个时候武汉的社区也开始封控了。街上的小吃店、餐馆和商店都纷纷关门了。王校波走到大街上，他不知道该到哪里去。

武汉"封城"之后的连续三周是全城最紧张的时候，这一段时间媒体和网络上每天都在流传着令人恐惧的消息。城市里每天都在抢救病人，社区里大部分居民都深居简出，没有人关注到在大桥下面的涵洞里、在隧道里、在街头商场的屋檐下面，还有一些零零星星的人，他们没有饭吃，没有地方住，但却和城里人一样，每天和看不见的疫情为伍。

家住湖北省咸宁市崇阳县高枧乡的廖某贵，春节期间的行程是追随着分娩的妻子和早产的儿子展开的。2019年12月8日，怀孕只有五个多月的妻子身体出现异常，他赶紧朝镇卫生院送，又从镇卫生院朝县卫生院和市中医院送，12月9日，他的儿子在咸宁市中医院出生，这个只有五个多月的男孩体重只有两斤多，他一出生就住院，被医生诊断为新生儿颅内出血，新生儿支气管及肺部发育不良及呼吸道综合征，生命垂危。

廖某贵连续两个月来，一直奔走在家和医院之间，一直在亲戚朋友之间走动借钱，两个月之后　他随着120急救车，把孩子转院朝位于武昌街道口的湖北省妇幼保健院送的时候，什么东西都没带。没有行李，没有换洗衣服，身上只带了两万块钱。

廖某贵没想到120急救车把他送到之后随即就走了，他没想到120这种车和其他车不同，在紧急情况下还可以自由出入，他也没想到不到两个小时就诊断结束，他儿子直接进入了ICU病房，医生告诉他，他可以离开了。ICU病房不需要家人陪护，根据孩子的抢救情况，会通知家属。廖某贵现在需要做的，就是回去凑钱，医院里一期需要交五万元，他只有两万元。他随即下楼，准备搭那辆120回去，但是那辆车已经离开了。

2月中旬武汉开始下雪，风也很大，王校波感觉大街像河一样，风雪像是在河里面吹，四处都没有遮拦。他在很多建筑物后面都躲过，但是躲在哪里都能听到风雪在大街上叫。

最关键是没有饭吃，饿得实在太狠了，他就沿着大街四处找吃的，他像漂在河上一样，四周店铺关门，人影都难见到。

王校波连续饿了四天，饿得头昏眼花。

困在医院里无法离开的廖某贵和王校波情况差不多。他无法出城，只有守在医院里，好在湖北省妇幼保健院是专门的妇幼医院，不收治新冠肺炎病人，他没有感染的风险。他只能待在医院走廊里，每天晚上睡在走廊的椅子上。医院里的保安不让他在走廊里待。保安赶他走，他就和保安捉迷藏，躲一阵又回来，他根本没有地方可去。

最关键的是没地方吃饭。他每天沿着大街一直走，走十几里都找不到吃的。

和王校波、廖某贵相比，阳裁缝和从宁夏赶来的二十一个学生算是幸运的，他们至少有地方住，不会受冻。从宁夏来的二十一个学生工作了十几天，到正月初三商业综合体就关门了，他们大部分时间都待在宿舍里。他们在宿舍里自己做饭，刷手机，然后和家里通话。阳裁缝工作的工厂也关门歇业了，他既没办法工作也无法回家，只好守在出租房里。

漫长和寻找

在黄陂区佳海工业园附近居住的阳裁缝刚过春节就开始求助，他打了市长热线之后，又去寻找附近的社区和派出所，他身上没有钱了，每个月挣的钱除了留基本生活费，全部打回老家。他女儿已经由西医治疗改成了中医，中医花钱少一点，但是一年前，他母亲腿又瘫痪了。他在上班时经常向工友和老板借钱，老板特别怕见他，因为他一开口总没好事儿，一开口总是借钱。他已经向老板借了两万多，每个月都要从他的工资里面扣。他赶到当地派出所，派出所协调给他解决了几天的米面油盐及生活用品，但是几天以后，刚过正月十五，他又到派出所去了。

谁都没想到"封城"会有这么长时间，也不知道还会封多久，派出所帮助他把情况发到武汉的一些救助网上。

廖某贵开始求助，他挺不住了，他不知道这样的日子还有多长。2月18日，他先打110，110回复让他打民政局电话，民政局让他找街道口社区。他同时还给武汉市慈善协会打电话。2月26日，他到街道口社区去登记了情况，这个时候他已经弹尽粮绝，就是有卖饭食的到他面前，他也没钱买了。

廖某贵很绝望。他似乎不归这个城市里的任何人管，但是要出城的时候，又有很多人在管。他用完了所有的办法，就是出不了城。

当代公益基金会最初关注滞留者来源于一段视频，在这段视频里，有一群滞留人员围在医院门口抢饭吃，有一些好心人士为医院送来一些盒饭，但每送到一次，就被抢光一次。

这个视频在微信上广为流传，让很多居家的人寝食难安。

当代公益基金会在疫情之初一直在支持医院的医护人员，这段视频让他们决定专门对滞留人员立项帮助，专门寻找滞留人员。和当代公益基金会一样，城里的很多志愿者和民政部门也从最初两三周的急迫压抑中清醒过来，发现还有这么一批人，也开始四处寻找这些滞留者。

王校波是2月14日找到喜相逢公寓式酒店的，这个位于街边的小酒店房间狭小，只有两层楼，专门定位服务于经济条件并不宽绰的人群，住宿七十元一天。店主是一对从湖北孝感大悟县进城务工的夫妻，妻子颜女士主理外政，他们每个月要交六千多元房屋租金，并抚养两个孩子。这对夫妻一开始以为王校波只是临时住店，他们收了王校波三天的费用，三天过去了，他们才发现事情没那么简单，他们碰上了一个没有钱住宿，也没钱吃饭的人。

是把王校波赶走，还是把他留下来？

留下来不仅要管住，还得管吃，王校波已经没有吃饭的钱了。

外面雨雪霏霏。

王校波在寒冷的雨雪中碰到了善意。店主夫妻同意收留他，但是和他约定，共同寻找社会救助，一旦有了社会救助，王校波就必须支付欠他们的费用。

王校波终于可以不在街头流浪了，但他每天还惴惴不安，他不知道他和店主发在网上的求助有没有人看到，会不会有人来救他。

森林和善意

善意在尚未抵达王校波之前，已经在网络上辗转传递了很久，当代公益基金会的文化理念之一就是"善意"，他们在批示中频频出现"用心做这个项目"的字样。在很多人的善意传递之后，专门寻找滞留者，作为一个团队项目立项了。专门安排资金，专门安排人，有专门的厨师团队做盒饭，有专门的司机接送志愿者，有专人网上寻找信息，联络对接，有专人负责采购物资，有专人负责对接政府的民政收容部门。

但武汉是一个千万人口的大城市，这些滞留人员在哪里呢？他们仿佛陷入巨大的森林之中。这森林，就是城市的一幢幢房屋、桥梁、隧道，城市太大了，建筑太多了，他们去哪里寻找呢？

网上搜寻，找团市委，找媒体，找民政部门，一个一个找下来。最后找到其他志愿者团队以及那些办有证件可以在外面行动的志愿者。

另外一个森林就是现代网络，在网上寻找信息，最大的困难是混乱和难以甄别。一个求助者往往会到处发布信息，有些人已经被救助了，信息还在网上流传。很多时候网上好不容易淘出一个信息，打好电话，联系好线下可以出入有证件的志愿者，但被救助的人已被其他爱心团队接走或者莫名其妙地消失了。

城市太大了。滞留者找到人帮助不容易，志愿者找到滞留者也不容易。

但是必须找下去。寻找就是救人，找人就是救命。善意对有的人是一念，是抬抬手，可是对另一些人，就是生命。

当代公益基金会的网上人员和地面人员，都在森林里面一点一点寻觅。

历经了很多次艰辛之后，王校波被找出来了。廖某贵和来自宁夏的二十一个大学生也被找出来了。还有来自洪湖的那对老年夫妻，还有一批雷神山的建设者。他们都被一一找到。

3月3号，王校波收到当代公益基金会的两千元现金和一箱特仑苏牛奶。

滞留在武昌街道口的廖某贵和滞留在汉阳的二十一个大学生，也几乎和王校波在相同的时间得到了当代公益基金会的救助。基金会给武汉市四个区的收容站赞助了物资，协助收容站收容外地滞留人员。

住在医院走廊里的廖某贵尽管还是没办法出城，但已经有酒店住，有饭吃，还得到了民政部门补贴的三千元；来自宁夏的二十一个大学生，也得到了帮助，安定下来，很多人利用这段封闭时间开始练习烹饪手艺。

阳裁缝在出租房里等候，一天过去了，又一天过去了。他没有吃的了，也没有煤气了。他还在使用老式煤气罐子，疫情期间，煤气站关门了。

他已经饿了两天了。他有一只电饭锅，但是没有米，他只能烧开水喝。他一会儿烧一锅开水，不停地喝水，让水把自己的肚子撑饱，但是很快又饿了。

阳裁缝在手机只有一块多钱话费的时候得到了志愿者的救助，美德志愿者联盟的陶子和代表月亮消灭病毒志愿者联盟的冯丹丹在一个共同的微信群里，阳裁缝当时手机里只有一块多钱了，陶子给阳裁缝交了五十块钱话费，冯丹丹把他的信息转给了另一位志愿者罗皓。

泪水和肩膀

在疫情还很严重的3月初，王校波迎来了从天而降的一批资助者，给钱给物，帮忙申请民政补贴，还联合店主颜女士一起给他找工作。他拉志愿者往他的床上坐，他在他那狭小的没有凳子椅子的空间紧张得直搓手，他激动得流下了泪，他有一箩筐感激的话却反反复复就说着那么几句。和王校波一样，已经被收容站收容的廖某贵见到前来帮助的志愿者也激动不已，他不停地展示孩子和自己的住院票据，以证明自己所言属实。

包括阳裁缝，他也流了泪。

但是，阳裁缝在感激之余却要求前来帮助他的志愿者罗皓保密，不公开他的姓名。罗皓和另外一个朋友在聊天帮阳裁缝找工作的时候称他为"流浪汉"，他看了很不高兴。他告诉罗皓他不是流浪汉，他是一个自食其力的人。

你帮助了我，我应该感谢，但我们俩的肩膀应该是平的。他说。

阳裁缝挨饿的经历没有和家里说，他是全家最强大的人，靠双手挣钱一直往家里寄的人，他怕他一说，全家都会承受不了。他今年四十岁了，他想过出去讨饭，但他迈不出门，他没想到自己会落到这种地步。在等待救援的过程中，他已经放弃了努力，产生了轻生的念头。他觉得命运太不公平了，所有这些事儿，为什么落到他身上。

阳裁缝没有在自己的朋友圈里发过求助，因为家里有一个病孩子，他是一个经常打扰大家的人，他抱定了一个信念，饿死也不再开口。

阳裁缝完全不知道罗皓在煤气站放假的情况下从哪里弄到了一罐煤气，他觉得罗皓完全是从天而降。他碰到了天大的善意，罗皓代表一群志愿者来看他几次，送来米面菜、防护服，还给他找了一份疫情中的临时工作。

一直在大街上行走的吴某林也是如此。她是一个孕妇，怀着的孩子即将分娩。她的家乡在浙江省的一个县，她和男友跑到武汉来之后发生了很大的矛盾，男友一气之下离开。她男友不是武汉人，也不是湖北人，两个都和武汉毫无关系的人为什么跑到了武汉，又为什么分手，这是吴某林心中永远的伤痛和隐秘，她和谁都不说。她由着身上的钱用，见到开着的店铺就买食品，买不到的时候就饿着。

她挺着大肚子，在空空荡荡的大街上走，犹如一个找不到对手的斗士。

她无数次想到轻生。但她不会轻易求助和哭诉。

吴某林在身上的钱即将用光的时候碰到了志愿者王某婷，她被王某婷接到家里，她这才哭出声来。吴某林和王某婷随后也得到了当代公益基金会的救助，但却拒绝了许多采访。基金会尊重她的要求，让她安静地生养孩子。

卡点教程

如潮一般涌来的不是水，不是河水江水和湖水，而是生命，是一个一个活着的人。潮水一般的人从社区，从单位，从车站，从商场，从出租车，从自驾车，从地铁，从公交车，从医院的四面八方，一齐涌来。

章红天是一名医生，也是一个自闭症孩子的妈妈，她从医院成立发热门诊的第一天就被抽去工作，后来又到隔离病房，七十多天过去了，她看见了人如潮涌，也见证了生命的运行。

寂静

寂静和黑夜没有关系，和声音也没有关系。在白天，在有声音的病房，更能体会到什么是寂静。隔离病房在医院的角落，一进隔离病房大门，里面是一个世界，外面是一个世界。

2020年1月中下旬，对整个武汉来说是一个特殊而诡异的时段，这段时间阳历年已经开始，但中国人更重视的春节尚未到来。往年这个时候大多数人都在做总结和规划，在做过年安排，但今年的这个时段，准备年货的人们不断地被各种有关传染病的消息冲击，混乱而躁动，在医院工作的章红天，请假陪自己患自闭症的儿子三年之后，刚好在这个时候重新回到医院上班。

在医院工作的人这段时间和外界的市民们过着信息不对称的生活。章红天工作的地点在武汉的城市东边，这里离新冠肺炎最初的集中暴发地汉口比较远，过去属于城郊，但她仍然感觉到形势逼人。来医院看发热的病人越来越多，同时其他医院也相继传来大致类似的消息。1月12日这一天让章红天印象深刻，因为她接待了一位老病号。这个病号是一位退休的大学老师，过去常来看糖尿病。这个病人住院后连续发热高烧，医院按过去治疗感冒发烧那套方法给他打针吃药，但连续三天都不退烧，最后肺部拍片呈毛玻璃状，这把医生们都吓住了。

这个时候章红天每天回去还和孩子睡，还和丈夫、母亲在一起吃饭和生活，她还没意识到她正处在危险之中。大家似乎都这样。

但是很快，情况就不同了。

章医生从寂静的隔离病房走出来，朝她租住的出租屋走。医院三班倒，基本上每人八个小时，加上衔接的时间，有时候会有九个小时。每个人都有可能上白班或夜班。病房和出租屋步行需二十分钟。出了医院，外面空旷的世界给人的感觉也是寂静。这一带是大学城和中国光电子产业集中地，是年轻人的天下，往年这个时候都车水马龙，白天热闹，晚上是不夜城。但是今年这个春节却见不到人。

章医生从1月19号医院成立发热门诊当天就开始租房，随后几天，武汉就"封城"了。

　　该回老家的回去了，没回去的大都待在家里不出门，街上还有声音，夜间还有灯光，但这些反而让城市更寂静。

　　很多个日子以后，在这个城市经历了无数个生生死死，历经了无数个寂静之后，章医生想到她为什么刚好在这个时候结束请假回医院，她觉得这是一种命运的安排。生命中的很多安排都是一种隐喻，需要敏感的心灵去参破它，包括眼前大片大片的寂静。

　　章医生在发热门诊的时候每天都忙不过来。病人如潮水一般是她的切身感受。当时大家对这个病还不了解，大家都知道这种现象极不正常。她想拍下这个特殊时刻的一些场景，但却忙得没有拍照的时间。病人一个接一个，医生们忙得吃饭和上厕所的时间都没有。一天接诊两三百个！病人排成长队，病人一排三四个小时甚至五六个小时，那个时候见到医生就是见到救命的人！有无数个几乎相同的问题，为什么吃了药不退烧？为什么烧得和以往都不一样？为什么？为什么？

　　很多个为什么医生们回答不了。病人们信息灵通，大家都在传，说汉口的哪家医院拥进去多少人，武昌的医院拥进去多少人。章医生更相信医生圈内的信息，当她得知一家医院发热门诊一天有一千七百人的接诊量的时候简直惊呆了，当然，她所有的同事和领导们也都惊呆了。

租的房子只有二十多平方米，在章医生回屋后开始有了一些声音，最主要的声音是她和家人的视频通话。他们在视频里研究如何教孩子说话，如何训练他的生活技能。

　　章医生有一个九岁的孩子，九岁是一般的孩子上小学三年级的年龄，但是她的孩子却不能正常上学，因为他得了一种病，这种病影响人说话，影响人行为，是一种发育障碍类疾病。它的名字叫自闭症又叫孤独症，被归类为一种由于神经系统失调导致的发育障碍，其病征包括不正常的社交能力、沟通能力、兴趣和行为模式。自闭症是一种广泛性发展障碍，以严重的、广泛的社会相互影响和沟通技能的损害以及刻板的行为、兴趣和活动为特征的精神疾病。

　　就是这个病将这个孩子拦在了学校门外。

　　很多人说，自闭症孩子是星星的孩子，这大概是从外国传来的，意思是说这类孩子似乎不是生活在地球上，而是生活在另一个星球、另一个世界，他们有一套自己的语言方式和行为方式，和地球人这一套系统格格不入。

　　但是自闭症患儿的家长们却大多懂得孩子的系统，很多家长都是处在两个世界之间的人。他们在两个世界的连接处，却毫无办法，他们只有站在那里，眼看着孩子陷入无声的寂静之中。

　　章医生就是其中的家长之一。

　　寂静是一种什么感觉？

　　章医生七十多天在隔离病房体会到的寂静是无法用语言形容的，很多书上描写寂静用"死亡"，说"死一般的寂静"，但章医生觉得还不够。作为一个医生，面对死亡是一件很正常的事儿，通常医院里没有抢救过来的人 遗体边会有很多人，护士啊，家属啊。如果家属太难过了，就会在旁边大哭。大哭是有声音的，它是一种生命和力量的标志，但是在疫情期间的七十多天里，家人和朋友是不能进隔离病房的，里面有很大的传染性。如果有人去世了，是没有家属在身边的，是不会有家属在身边哭的，这个时候的世界，似乎比死亡更静。

寂静。太寂静了。寂静得让人心酸，甚至有点可怕。

在这七十多天里，在隔离病房里，每天都能体会到这种寂静。接收病人，查房，给病人输液，输氧，抢救，上呼吸机，一切都在寂静中进行。章医生有时候在房间或走廊里走动，她会忘记时间，不知道是上午、下午或者晚上，因为时间的走动也是有声音的。

在这一片寂静中，她一直在捕捉生命。这些隔离病房的生命，个个都在寂静中流动，要么流向生，要么流向另一个方向。每天都是生命的一个环节、一个卡点，生命就在各个卡点之间移动。

声音

章医生在门诊上接待的那位有过糖尿病史的大学教授，后来她在隔离病房又碰到了。他已经确诊为新冠肺炎，并且是重症。如果按后来划分的标准，确诊后有轻型、普通型、重型和危重型来划分的话，他的生命卡点由生向死的方向移动了两个卡点。

章医生第一次在病房里面看见他是一个上午，大约九点多钟的样子，章医生认出他来了，他却没有认出章医生。因为他只戴着口罩，而章医生穿着防护服，戴着头盔和护目镜。

章医生准备喊他一下。

病房里总得有点声音才行。

声音在很多时候显得特别可贵。

章医生从孩子一岁多就开始琢磨声音，一直到这次疫情，她还不能把声音这个具有神性的东西参悟透。有些事情需要很长时间，特别是像声音这种最基本的东西。

章医生最初觉得孩子不对劲就是从声音开始的。孩子一岁多的时候她就觉得不对劲，这个孩子从小就不跟小朋友玩，小朋友们也不和他玩。章医生当时上夜班，把孩子交给奶奶带。孩子和奶奶睡久了，只会叫海海，但是声音不是很清晰，他喊成海海。

除了这个海海发音，再没有了。爸爸，妈妈，桌子，椅子，大门，大街，这些全没有。声音里面有丰富的含义，有世界的入口，打不开声音，一个新的世界就打不开。

但是孩子的声音却被无形的力量摁在了肚子里，摁在了身体的深处。章医生自己就是一个医生，她却无能为力。

孩子的奶奶认为孩子是晚发育。章医生老家在鄂西北，那里的农村有很多晚发育的，开口晚的，甚至有门栓伢的说法，意思是到了和门栓一般高才会说话。孩子三岁多的时候，孩子的奶奶决定把孩子带回老家住一段时间，她认为农村里有很多小伙伴一起玩儿，有很多说话的机会。又不是聋子、哑巴，是不是？在农村里，只有聋子哑巴才不会说话。这个孩子不是聋子哑巴，就一定会说话。

孩子跟着奶奶在农村住了一段时间，奶奶带他和村里的孩子玩，天天教孩子学说话，感受大自然，但是在一段时间之后，奶奶也屈服了。原来这个世界上还真有这种病——既不是聋子也不是哑巴却不会说话的病。

那个时候还不知道这个病的名字，但随后很快就知道了。

章医生和丈夫带着孩子到儿童医院。她丈夫一看精神科室墙上挂的与自闭症有关的 ABC 量表就明白了。他甚至认为不需要再做检查了。还检查什么呢？上面符合了这么多条，肯定就是了。

章医生仍然不甘心。她早就知道这个病，也知道这个病的厉害，她在心里面有个声音一直在说话，在反对和抗拒，她抗拒来抗拒去，这个声音还是出来了。自闭症，孤独症，精神疾病，终生疾患。这个声音是从血盆大口里面发出来的，要将她淹没和吃掉。

章医生在疫情最初的发热门诊里只留了一张照片，那段时间她天天坐在门诊看病，耳朵里天天都是潮水般的声音。有一天下午五点多钟，她耳边突然安静了，没有声音了。她忽然产生了错觉，认为所有的病人全部都好了。再也没有问询的不安的声音了，再也没有各种揣测、分析的声音了。

她明白这是个千载难逢的时刻。

她立即喊值班的护士用手机给她拍照。她听到了手机咔嚓的声音。这张照片后来是疫情期间章医生珍贵的留影。

章医生的丈夫一开始反对她到外面租房住。还有几天就过年了，哪有过年还要在外面租房的道理呢？他没有意识到危险性，他说没那么可怕，但章医生没有犹豫，坚决出去租房。人命关天的事儿是不能犹豫的。

对混乱声音的理解各个阶段是不同的。

刚刚组建发热门诊的时候，天天传来的都是混乱的声音。当时只有两个小护士，专门管物资的护士长已经派了，但还没有到岗。人员的搭建，物资的调配都还没有完善。新组建一个科室，一个病区，一个发热门诊，需要磨合期，何况还是临时搭建的班子。饮水机没有，微波炉也没有，没有的东西多了。章医生有过吃冷饭的经历，当时网络上流传着很多照片，同济协和这些大医院的医生护士，也都有吃冷饭的经历，原因是相同的。但是医生必须要上岗了，医院上下都知道这个城市出事儿了。这个病让整个城市都措手不及，让所有的人都措手不及。正赶上过年的时候，吃着冷饭，没有牢骚、没有议论是不可能的。

最关键的是人员不足，大家对病人发病量的预估不足。

按照一段时间官方的分法，新冠肺炎分为轻型、普通型、重型和危重型，判断的依据和标准是一套医学的体系，大抵就是病状、体征加上检查结果，检查结果就是各类影像资料和各类数据分析。轻型患者后来都到方舱医院去了，危重型病人都集中到定点医院或者金银潭、雷神山、火神山这种地方去了，章医生所在的医院和大多数三甲医院一样，接收普通型和重型。

章医生所在的医院不是传染病医院，对疫情所需的物资准备也不足，譬如医用的N95口罩、手套、酒精，还有防护服。很多医用物资是一次性的，短时间内消耗极大。有的东西可以节省，有的东西是节省不得的，很多医用的东西接触一次就需要换掉。

很多医院的物资配备跟不上发病的速度，跟不上社交媒体报道的速度。不单医院，整个城市全是如此。一个隔离区建完，很快满了，又建一个隔离区。不可能建很多个隔离区在那里等着。多开一个病区要涉及一系列的调配，人员和物资并不都在手边，有很多物资拿钱都买不到。

那个六十多岁的教授在一片寂静中听到有人喊他，听到一个声音。他似乎对自己的名字都觉得陌生了，他没想到在这种隔离环境里，还有人认识他。他感觉自己似乎在旷野之中。他本来是到医院看糖尿病的，但是住院第二天就发烧。当时章医生和几个熟悉他的医护人员开他玩笑，说你也发烧啊，你是不是最近去华南海鲜市场了啊？网上盛传第一批大规模的聚集病人有很多来自华南海鲜市场。教授说没有，他说他只是去参加了一次高中同学聚会。

滑落

有一个老太太让章医生特别感慨，她大概有八十几岁吧，估计是从养老院或者福利院送来的，是章医生把她带进隔离病房的，进去之后就再也没有出来。

那天下大雪，老人进来的时候情况就不是很好，呼吸有严重问题，一看就是急症。她来的时候已经不能行走，是救护车把她送来的，到隔离病房之后很快就上了呼吸机。第二天检查结果出来，指标都很糟糕。

看来不行了。

这个春节很湿冷，但是前期一直没下雪，现在雪终于下来了。章医生望着外面的雪发呆，她知道又一个生命在滑落，在迅速奔向另一个方向。

没有办法阻拦住。

她来晚了，或者说，是发现晚了。

生命是一件很容易滑落的物件，当生命滑过一些卡点之后，没有办法阻拦住。滑落的速度会越来越快。

章医生觉得有些悲凉，她望着雪落了泪。这个老人来的时候没人送。这是我的未来吗？她想到了自己。

未来，是困扰章医生和所有自闭症父母的一个话题。自闭症孩子不会说话，生活不能自理，那么他们不管长到多大，长到三十岁四十岁五十岁，甚至变老，都是父母的孩子。他们不能上学，不能结婚，当然也不会有后代。养儿防老，这话对自闭症孩子的父母不能说。他们养儿就是养儿，养儿就是一直养，养到老，只要孩子还活着，自己就必须活着。

必须比孩子多活一天，是很多自闭症孩子父母的心声和呐喊。

孩子确诊为自闭症的时候，章医生觉得天真的塌下来了。她不知道命运为什么这么纠缠自己，为什么设卡点来考验她。

是的，一只凶恶的老虎蹲在了卡点上。

自闭症孩子的家长们经常交流。有很多家长都在比较普通的肢体残疾和自闭症这种精神疾患的区别，不用说，精神疾患比肢体残疾要严重得多。一个根本的区别是，肢体残疾者通过训练可以自食其力，起码基本生活可以自理，甚至可以生儿育女，自闭症患者呢？有可能吗？

新冠肺炎患者不允许家人陪护，但一般的病人进来的时候也是大包小包，一大堆衣物。这个老人没有人送，只拎了一个很小的袋子，很少的东西，几件衣服，一只茶杯，这是她在告别这个世界的时候所有的物品。

她的这点仅有的东西让隔离病房安排她的医护人员都觉得很诧异。

还有呢？

还有东西吗？

章医生没有问出来，目光循着老太太来的方向去探寻，后方空空荡荡。

没有了。这就是所有了。

她活了八十多岁，这就是她所有的东西了。

她应该已经发热了很多天了，应该已经煎熬了很长时间了。她进来之后就开始抢救，但是没有几天就去世了。

抢救不过来了。

一个人错过了生命卡点，就会直线滑落。

章医生望着窗外的大雪。

哪一天……哪一天会不会……哪一天会不会是……

不敢想的事情，还是要想下去。

这个时候的章医生想到的不是自己，不是自己真的碰到这种情况身边有没有人，有没有大包小包拎着，而是孩子。

如果哪一天我像这样走了，孩子怎么办？

自闭症孩子的家长没有死亡的权利啊，他们还有很多事没有做，譬如教孩子说话，教孩子生活，为孩子挣钱。

这个老人没有手机，她去世的时候没有什么交代，没有什么事要托付他人，也没有可托付的人。

空间

隔离病房有两层，一共有一百多张床位。病人每人一个房间，他们上厕所的时候，要走出门，穿过走廊，到走廊的尽头去。大部分时间里，病人都待在病房里。病房的颜色是白色的，里面没有病友。因为开空调会加剧传染，病房里也不能开空调。

大门不能出，也没有力气出。

房门不能轻易出，也没有必要出。

每个病人都是一个传染源。从这里出去有三个方向，一个是治好了出院回家，一个是病情加重转到ICU病房或者转到其他的专业医院，另一个方向就是人生的终点，拉到火葬场。

进了隔离病房，生命每天都在卡点上。

那位六十多岁的教授听到有人在喊自己的名字。

他有些茫然。

他不知道谁在喊自己。

在这个封闭的环境里，他看见的全是身着防护服的医护人员，他感觉到自己在电影里，电影里的太空宇航员和生化战争人员就是这种着装。

在太空里，或者在生物实验室，或者在一种无法描述的空间里。

这是一种奇怪的空间，它类似于人间和冥界，类似于三界之间。这种地方既有人的气息要素，又有鬼的神的气息和要素。

我是章医生。章医生对他说。

章医生？

教授愣了一下，他似乎听到了熟悉的声音。这个声音是从眼前传来的，又似乎是从很遥远的地方传来的，从另外一个空间传来的。其实很近。隔离病房和他原来住院的楼房就隔几分钟路程，无非是在另一幢大楼，不同的楼层，但是他却觉得很遥远，恍若隔世。

他以为自己搞错了。

但眼前还真就是那个章医生。

章医生再次喊他，给他介绍自己为什么到了隔离病房。

他最后相信了眼前的事实。他明白自己还和大家共处一个世界。

他突然哭起来。

他一挫一挫地、气喘吁吁地、不顾身份地哭起来。

他终于在这个世界找到了一个熟人！找到了一个熟悉的声音！这个熟人，这个声音，让他知道，这个空间是真实的，也是踏实的，当然，也是恶劣的、危险的。

他知道，这个空间是他生命的一个驿站、一个卡点，他有两个方向，要么出去回家，要么去另一个方向，如果他不想去另一个方向，那他必须珍惜眼前的机会。

卡点是危险的，但也只有这个地方了，没有选择了。

章医生每天从隔离病房回到租住的房间后都要先躺着休息一会儿，吃饭，追一会儿剧，然后开视频和丈夫交流孩子一天的培训，交流卡点教程。

孩子被确诊为自闭症之后，章医生每天都要抽空训练孩子，从不间断。这种卡点训练像吃饭睡觉一样，成为生活的一部分，如水一样缓缓流动。

刚开始章医生还做不到这么从容。刚确诊那两年她不能和别人说孩子的事儿，一说就泣不成声。自闭症孩子的父母大都如此，别人家可以谈孩子，他们却都不愿意提。

有一个小故事，同是自闭症孩子家长的一位处长，有一天和别人聊天，对方抱怨孩子太偏文科了，理科更有前途。聊了半天，对方才想起来问处长的孩子。

你的孩子呢？偏文还是偏理？

处长无奈地自嘲了一句，说，我的孩子既不偏文也不偏理，他偏傻。

章医生有计划地训练孩子是从四岁半开始的。那时候她觉得糟透了，她觉得自己的孩子是世界上最差的孩子，所有的孩子都比自己的孩子好。别的父母给孩子确定目标，要双语幼儿园，要重点小学重点中学，要清华北大，985和211大学，这些东西离自闭症孩子的家长都很远了。孩子首先得学会说话，有人的基本生活技能，要能够自理才行。

这就是摆在章医生和其他自闭症孩子家长面前的现实，是他们孩子的起点，从不会说话到会说话，从不能自理到自理，这是他们孩子的发展空间。

空间也就只有这么大。

但如果我们从另一个角度看，他们的空间其实无比大，因为他们毕竟把一个属于星星世界的孩子，把一个属于交界地段的孩子拉到地球上，拉到了正常人的生活轨道上。

这么一个空间，值不值得全力以赴去拼？值不值得投入所有的精力和时间？

有些事，是必须做的，没有什么值得不值得一说，因为他们是为自己的孩子。

章医生开始调整心态，接受现实，也开始从头学习自闭症的有关知识。

从孩子一个拿纸巾的习惯训练要看出这类的孩子空间有多大。

章医生的孩子从小手里喜欢攥一个东西，有一段时间是纸巾。纸巾攥在手里面是不能拿走的，包括睡觉，包括洗澡。洗澡打湿了还攥在手里，怎么都取不掉，如果强行取掉，他就会大声地一直哭，那种哭根本没有办法哄住。怎么办呢？

只有学着干预。

那就允许他拿着一点东西。那就让他拿一段之后出门走，走一段之后让他试着朝垃圾桶里丢。那就告诉他，他攥在手里的东西并不是一件宝贝。他能不能听懂？或者能不能感觉到？一次一次地训练之后，他就明白了，这个东西是可以扔的，他就慢慢开始扔了。

但是，他扔了之后过一会儿又要，如果不给他又会哭。那只有再准备一个放在口袋里，再掏出来给他。

走一段路，要计算他丢纸巾的时间和重新给他掏纸巾的时间，时间长了，就会发现他慢慢对纸巾的依赖越来越少，时间越来越短。

自闭症孩子大都有各种习惯，有的孩子喜欢球，有的孩子喜欢积木，有的孩子喜欢尺子，他们沉迷一种物件中，每天每时每刻，没有人知道其中的秘密，把他们这种习惯改掉，朝正常的生活轨道上拉一步，往往需要几个月，甚至一年两年，需要每天无数次地去校正行为。

消息

这个年轻人只有二十几岁。从他的衣着、随身用品以及他通电话的频率上可以看出他优越的家境。他已经来了隔离病房五六天了，还是高烧不退。一查就是39℃或者40℃左右，只要医生或护士一踏进他的病房门，无论是问询还是打针，他都会号啕大哭。他的情绪处于崩溃的边缘，他怀疑自己很快就要死了。

他说他没有办法起床，没有办法穿衣服，也无法吃饭。

章医生和其他医护人员都觉得奇怪。他的检查数据和影像资料显示，他的生命体征并不是很糟，至少相对于同在隔离病房的那个六十多岁的教授来说，他还是不错的。

早上查房，医护人员动员他，让他起床，让他穿衣服。外面正下着雨雪，屋里却不能开空调，穿衣服是必需的。但他却不穿，他只会哭。他手里攥着一个手机，始终不肯放下。他在被窝里拿着，上厕所也拿着，打吊针也拿着，像某一类自闭症孩子一样，手里攥着一个东西。

手机是苹果牌的，很精致，应该是花了不少钱买的。他从手机里面，从各种渠道，获取了大量关于新冠肺炎的消息，他的消息不单来自新闻报道，还来自亲友、同学和四面八方。只要医护人员去，都会看见他握着手机。他被过多的信息干扰得无所适从，一个一个的信息把他击垮了，他只会大哭。

有几天媒体上还在讨论重症病房里的新冠肺炎患者该不该带手机。带手机是患者的权利，没有人能阻拦他们，但是信息太多了，也的确是个问题。

大家都知道问题出在手机上。

手机上说天天都在死人，手机上说大街上都死了人，说医院里到处都是死人。但章医生和他都天天在医院，天天在隔离病房，他们每天看着事情发生，眼见才为实。很多病人不相信眼前正在发生的事情，他们一天一天盯着手机，他们宁愿相信手机上的各种信息。

章医生想到自己的孩子手里攥着的纸巾。

那个没有用的、可以随时丢进垃圾桶里的、可以随时替换掉的东西，为什么他们会时时抓在手里呢？

自闭症孩子的家长在很长时间之后都会陆续发现，他们和这个社会的联系越来越少，同学会、同乡会，各种横向联系，各种和社会的关联，他们大多把时间和精力只能投到一件事情上，他们接受这个社会的消息越来越少。

自闭症孩子的家长们都知道，只能给孩子很少的东西，一个词语，一句话，一个动作，他们没有能力、没有精力、没有时间去拥有更多的东西。

章医生的孩子分不清马、牛、羊。这么简单的对普通儿童几乎不用教育的知识，在自闭症孩子这里却要反复训练都学不会，章医生教得都快要灰心了。单单这一点她就教了几个月，后来她才发现症结所在，原来孩子只看见了这几种动物的腿。它们都是四条腿的动物！孩子认为四条腿的动物都是一样的，都应该叫同一个名字！

章医生有理由相信自己接到的信息比这个年轻人更多。因为她是医务工作者，因为她同学更多、朋友更多。很多人找她打听信息，想了解外面关于疫情的传闻是否真实；还有的亲友想找她帮忙弄床位，他们认为一线的医生应该有办法；还有的关心她提醒她；还有人让她介绍什么药有效。

　　章医生在疫情期间突然发现很多朋友和同学蹦出来了。这些同学知道她在抗疫一线，也从外面的消息里知道有段时间医用物资紧缺，就自发组建了一个微信群，有的捐钱，有的捐物，有的协调物流，或者协调一些基金会，然后联系她，要支援她和她身边的医护人员。大家都觉得应该做一点什么事情才会不留遗憾。章医生当然心存感激。消息就如同一根一根的丝线，把大家都联系在了一起。

　　平时，章医生是乐于帮助人的，但这个时候她只能回复部分信息，很多信息她却无力解决，比如有些急切的求助，没有什么特效药，没有办法弄到床位。她无力面对很多信息，她知道有些人会不高兴，但她明白只能如此，因为无论是她的病人还是她，都在悬崖上，都在生命的卡点上。

　　只能集中全部精力和所有的生命能量去一搏。

　　章医生所在的科室有个护士感染了，她所在的医院感染了几十个人。每听到一次这种消息，她的心都会颤抖一回。太近了，离她太近了。几米远，一米远，甚至半米远。

　　这种消息应该让生命更加警觉。章医生就是一个特别注意的人，生命在卡点人，生命在细节中，生命在一点一点的意念中。

　　再说一个动词训练，洗，洗手。在很长一段时间里，孩子认为洗碗、洗苹果、洗脸都是洗手。的确，洗脸洗苹果和洗碗的时候都要洗手，但是，这个动作目的却不是为了洗手，如何把过程和目的之间的关系用一种办法教给孩子呢？

哦，多么少啊。一个词。一个词语。

没有办法再多了。

章医生也想告诉这个二十多岁的年轻人，无论多少人关爱你，无论你和家人朋友同学有多少根丝线，现在在隔离病房，别人是无法代替你越过这些生命卡点的，要活着出去的是你自己，只有自己！

就像自闭症孩子的家长们教育孩子。在经历了无数次求助医生、求助神仙、求助各种神药良方之后，退回来还得靠自己一个卡点一个卡点地渡过难关。

章医生不知道该对这个年轻人说什么。该说的护士们已经反复说了，护士们告诉他情况没那么严重，告诉他不必惊慌和恐惧。告诉他要坚强，告诉他一定要吃饭，吃饭才能补充能量，但是他不相信，他只相信手机上传来的那些小道消息。

他已经在悬崖上了！

每一个进了隔离病房的人都要明白自己在悬崖上。

这是悬崖上的一个卡点！

这个卡点过不去，下面就是万丈深渊。

在这个卡点上还在左顾右盼的人，还在四处张望的人，还在分心胡思乱想的人，会是什么下场？

章医生知道自己和所有的自闭症孩子的家长一样，随时都在悬崖上！一个自闭症孩子的家长，首先失去的就是从容生活的权利！没有办法从容，每天每周每月每年，都在奔跑，屁股后面都有一把火！往前跑，却又迈不开步子，因为前面有一个巨大的卡点！

只能盯着悬崖，一点一点挪动。

这个时候，还能分神吗？

那些信息，那些善意的，关爱的，分享的，共用的，那么多信息，他们用各种理由拉扯着这个年轻人，一天一天地让他发生着变化。起床！起不了床。穿衣服！穿不了衣服。吃饭！吃不了饭。

你还不如一个孩子吗？你还不如一个六七十岁的老人吗？

你去看看其他病房，谁不比你年纪大，谁不比你严重！

章医生和其他的医护人员分析了他的数据和指标，他在吸氧的状态还相对稳定，他是有能力下床、吃饭和穿衣的，他的指脉氧饱和度也很好，他又这么年轻。

章医生知道自己的孩子在进步。

所有殊死一搏、集中意念的自闭症孩子的家长们都会发现这种进步。家长们却失去了很多东西，打牌、喝茶和交友，各种来来往往的信息和消息。

好，现在开始学习，孩子，开始吧。

水果树。

水果——树。

这是两个词组成的一个新词。

水果——树，来，宝贝，念，水果树，真棒！再来，水果——树。

拍桌子。

指桌子。

看，这是"拍"，这才是"指"，桌子是相同的，但是动作不同，一个是"拍"，来，"拍"是这样的。

拍——对，对，对，真棒！

指——对，真棒！

除了这种付出，这种越过卡点的方式，你还能做什么呢？

屏息

那位六十多岁的教授病情反反复复，时而危急无比，时而又有所缓解。他有些慌张。那几天气氛非常压抑，随时都有生命滑落的可能。无论是他、章医生，还是其他医护人员，每个人都屏住了呼吸。

大家都在殊死一搏。

这种慌张和外面同行医院里传来的声音相互混杂，形成合力。

这种慌张从刚成立发热门诊时就存在。章医生在这种声音面前也慌张过，她决定在外租房的时候把银行卡密码都告诉了丈夫。她说如果她遇到什么情况，银行卡在哪里，密码是多少。如果……如果遇到的是什么情况呢？

真不敢往下想。

这个病毒现在媒体上都用"狡猾"和"流氓"来形容，它传染力很强，症状又不明显。有人表现为发烧咳嗽，有人却症状不明显，有一些人没有什么症状，却具有传染性。这种情况不是一个医院有混乱的声音，不是某一个地方有混乱和杂音，而是整个城市，整个城市应急机制尚未完善。

他想活着。

他的情况不是很乐观，因为他有基础病，他有糖尿病。新冠肺炎患者怕有基础病，怕体质不好，感染上这种病死亡的人之中，有基础病的和年纪大体质弱的人居多。他的生命体征如潮水一样在消退。

消退的不单单是潮水，还有语言和行为，还饱含着生命的信息。

章医生下决心自己来教孩子，她全力扑上去了。她发现孩子发音障碍很大，她发现孩子说话的时候嘴巴张得不是很大。人类的说话有些东西是天然的，一个正常的孩子有很多东西并没有教，但是他们却会说，那是大自然和周围的环境教的，但是这一部分自闭症孩子却没有，这就是先天的差别。

章医生发现她的孩子发音的时候不会伸舌头，总是舌根后缩，这种内缩内收的力量是如何形成的呢？这种东西是很难教的，孩子在学的时候没有本能的力量，总是在机械地模仿。这个动作要分解出来，首先要教他伸舌头，他伸不出来，就用食物引导他。

宝贝，吃面包来，伸舌头，伸，伸……

一遍一遍教会之后，再教缩舌头，再一直持续教。等他能持续伸舌头和缩舌头的时候，一个环节就结束了。

一个卡点也就迈过去了。

重点在语言上。先是名词，水果、桌子、茶杯、椅子，再是名词加名词，再是动词加名词。洗，洗手；走，走路；拍，拍手……啊，啊，不能再说下去了，学了一肚子本事的章医生上过大学，学过医的章医生那么多知识憋在肚子里，什么时候教孩子呢？

这个二十多岁的年轻人在隔离病房里无法扔掉手机，医护人员天天劝他别再看手机，他都听不进。他也让章医生想到孩子的"消退"。

"消退"在自闭症孩子的卡点教程里是有特殊含义的。自闭症孩子会经常性地发怒，他们会因发怒而打滚，咬手或者一分钟七八次上十次地喊人。他们会强制性地吸引别人的注意力到身边来，如果这个时候不去关注他们，不去软弱地将就和爱他们，他们就会一点一点改变。

这个时候旁边的人谁能不动心呢？会大声呵斥他，或者哄他，或者难受得流泪，这无疑会助长孩子的行为继续发生，脾气越来越大。

这个时候就需要做情感训练，做"消退"训练。

发怒需要消退，自我刺激需要消退，自伤行为需要消退。

章医生眼看着这个年轻人的病情一天一天加重。他手机的另一端围着很多人，他们总是随叫随到，他们总是要什么给什么。他们总是把实际上并没有用的东西，塞进手里给他。

这位年轻人后来离开了隔离病房，他的家人给联系了一家专门的定点医院救治。章医生看着他下床，拿东西，被众人扶上救护车。

六十多岁的教授病情一直在变化。

他每天都在各种与生命有关的名词和数据中起起伏伏，每天都在生命的卡点上。CT，血常规，淋巴细胞，中性粒细胞，C反应蛋白，血橙……

对于整个人类来说，这个病是未知的，全国大部分的高级别医学研究专家都在研究，方案在不断地调整，从第一版到第二版，再到第三版第四版，现在方案已经到第七版了。

临床医生们也一直在收集数据。数据里面，隐藏着各种各样的生命信息。

这位六十多岁的教授一度病情加重，要转到ICU病房。转到ICU病房，差不多就算是生命的最后一个卡点了。转病房需要通知家属，这个电话由章医生来打。

章医生打通了那位教授妻子的电话。

章医生刚一介绍自己的身份，话还没有开口，就能感受到对方的紧张和急迫。她准备变换一下语气，选择一些合适的字词。

她屏住呼吸调整自己。

她感觉到了电话另外一端的气息，似乎不是在很远的地方，而是就站在面前，近在咫尺。

对方也屏住了气息。

生命中有很多时候都需要屏住呼吸。

医院最初成立发热门诊，需要安排人员，确定谁去谁不去。章医生屏住了呼吸，等待安排。她认为自己是责无旁贷的。因为她为孩子培训已经请假三年了，她屏息了一会儿，终于等到了结果，她被安排去发热门诊。

她神色坦然。

她没有想到在这个时候还有人站出来愿意替她。

那是她的一个同事。

同事的理由很简单，她说章医生你有一个特殊的孩子。

章医生后来无数次想到那个场景，都感动不已。她还能说什么呢？

她说她感觉到害怕，谁不怕死呢？但是她已经请了几年的长假陪孩子去读培训学校，她的领导和同事，对她已经够理解够宽容。这个时候，还有退缩的道理吗？自己身体又不是不好，不能坚持，既然能，那就不要吭声，等待领导安排。

那就屏住气息。

章医生想一想，一生中有多少次屏住气息呢？

等待孩子出检查结果那一次肯定是。

一次一次教育孩子之后，等待孩子做出反应的每一次都是。

包括选择是不是亲自去陪孩子上培训课。孩子在家培训了一定阶段后需要做出一种抉择，她想把孩子送到培训机构去，是让孩子的奶奶每天去陪，是请保姆每天去陪，还是自己每天去陪？

章医生想自己去陪。但是一个上了大学、当了医生的人去做这么基础具体的事情，值得吗？

那就屏住气息吧。

章医生选择了请假陪孩子培训，因为孩子需要集体环境，需要专业老师教育，孩子还小，这个时候错过半年，错过一年，就是错过了生命里的重要机会，错过了卡点啊。

错过了卡点，就永远没有机会了。

章医生的孩子开始跟班学习，初级、中级、高级，一级一级往上攀爬。语言，生活技能、自理能力，一点一点来吧。

从五岁开始，训练拿钳子夹带壳的花生，后来是训练用筷子。这个动作需要许多分解，先夹纸团这样容易操作的物品，每天在桌面上练习，夹进去就有奖，奖花生奖糖果，夹进去十个奖二十个或者三十个，后来就慢慢提升难度。

由夹纸团到夹花生，由夹花生到夹瓜子。

筷子也是有讲究的，筷子分大头和小头，一般孩子很容易识别，但是自闭症孩子却要反复教，用小的一头儿去夹，大的一头儿握在手里，为什么？一遍一遍训练，不讲为什么。

章医生后来成了培训中心里的骨干家长，她把培训教程结合自己的理解写成课件，给家长们做讲解。每一个孩子有他自己的卡点，要找到这个卡点，并且分解成课程。

章医生的孩子现在基本上可以独立生活了，会洗脸刷牙，会晾衣物、晒袜子，这是无数次地重复无数次地训练教会的。下一个训练是套垃圾袋，但愿他能学得快。

那个六十多岁教授的妻子率先在电话里说话。她的声音有点颤抖。

你是要通知我来签字吗？她说。

你是要告诉我他已经病危了吗？

章医生在屏住气息的过程中也准备好了措辞。她对教授也是这么说的。她说教授的病情已经很严重，目前正在全力抢救。她说教授其实是幸运的，她的这种说法稳住了教授的妻子。

她说教授是在新冠肺炎全面暴发以前，在"封城"以前住院的，那个时候还有床位，如果是后来发现的，很难找到床位，又会如何？

这也是事实。

屏住气息，既是等待，也是思考和选择。

屏住气息。等待，也选择，也会有惊喜。

那个六十多岁的教授最终活下来了，他出院后又过来感谢，大家再见面的时候都很感慨，不光是他，所有的医护人员也都泪流满面，大家都有一种劫后余生的感觉。

七十多天之后，隔离病房撤销了，能治好的治好了，还有些人也都去了该去的地方，章医生又重新回到原来的科室，回到了有生老病死也有人哭闹的地方，回到了正常的医疗环境之中。

但是，经历了这一场事，毕竟还是不一样了。

第二篇
城市和众人

背后的城市

苏毅原准备春节到新加坡过，他在武汉附近的仙桃市处理公司业务，腊月二十九，他接了一个电话，他清楚地记得，他背对着武汉方向，电话告诉他，武汉"封城"了！

他立即启动车子朝武汉赶，他知道新加坡去不成了。他母亲几年前去世了，家里只有父亲一个人，他要赶回去照顾父亲。

卫婧正准备开车带父母回老家黄石市过年，她记得那天"封城"的消息也是从背后方向传来的，她愣了一下，决定不回老家了。

"封城"的原因是武汉暴发了新冠肺炎。

苏毅是两个企业的老总，还是专门培养企业老总的长江商学院校友会秘书长。卫婧曾经也投资过企业，还是女企业家协会的会员，他们留下来和这场百年不遇的疫情共同战斗了四十多天，他们有了一个共同的名字——志愿者。

不出门的志愿者

这个疫情在武汉已经暴发四十多天了，苏毅和卫婧都还没有单独走出过小区，他们在家里当志愿者。他们各自负责一个志愿者团队，业务又有交叉。他们募捐的钱物合计超过一个亿，捐赠的范围覆盖全省一百多个县市和二百八十多家医院，这些事情都是他们在各自的家里完成的，这多少有点不可思议。

他们的作为引起了很大的社会反响和媒体的关注。一位记者对他们足不出户干这么大的事情似信非信，有一天专门抽空去找卫婧。他在卫婧所在的小区前被保安阻拦。武汉"封城"后每个小区也都封了，小区对进出控制极严。那位保安怒目而立，不许卫婧出门。他指着门口的一条白线警告采访和被采访的两方，仿佛那是一条国界线。

卫婧每天起床打开手机，打开电脑，她靠这两样东西联系志愿者团队和外面的世界。苏毅不会用电脑，他就靠一部手机和桌前的一个笔记本，打电话发微信做记录。

不出门，照样当志愿者。

苏毅办民营企业前后有二十多年，他不单不会用电脑，还不会做饭，不会给狗洗澡。泡茶和拖地虽说会做，但复杂一点也做不了。这些事情原来都是请人做。家里面雇着人，公司里更是。他只发话，只开口吩咐和安排布置，现在，雇工回家去了，原来说几天就返回，但是因为疫情阻隔，也回不来。苏毅每天忙碌募捐，协调各种事务，还得直接面对自己年迈的父亲。

卫婧从小学开始当主持人，大学时期当学生会主席，她上大学时一年就能挣几万块，从十五岁至今，她似乎一直在忙碌。这么多年来，她没有和父母待在一起超过十五天。她在家里待不住，外面才是她的世界。她这种性格让父亲有些遗憾，觉得女儿不懂得生活。

苏毅决定为武汉的疫情募捐是在大年三十，那天他把住在同一个小区的父亲请在一起吃年夜饭，饭桌上却在不停地打电话。多年以来他一直是这样，工作和生活不分，把工作带到家里，全家人也都习惯了。

大年初一就有第一笔款募捐到位。第一笔款是绝味鸭脖捐助的，企业的老总戴文军是苏毅长江商学院的校友。

苏毅搭建原始班底只用了几个小时，他自己企业的两三个人，加上校友会几个人，再邀上卓尔企业公益基金会的几个工作人员，最初的队伍就算形成了。苏毅搭建原始团队之后就开始在长江商学院的各期校友群里发倡议，大家都知道苏毅，无需验明正身。苏毅的团队搭建之后就开始初步分工，他们没有很多临时组建的志愿者团队那种最初的混乱和无序，一切都很有章法，这得益于他们多年做公益。

卫婧决定做志愿者是大年初一。卫婧的第一个赞助企业是深圳的正安基金会。卫婧毕业于中医药大学，她的很多老师和同学都在医院里工作，她对医院里所需的物资很熟悉。卫婧的团队只用了两天就统计了二百多家医院的物资需求，每个医院的表格清清楚楚。卫婧的团队里有几个具有一定医学知识的半专业人士，有医药代表，有仪器维修人员等。卫婧的团队一启动就有一些专业性，在很多人还不明白什么是N95口罩、什么是核酸检测的时候，卫婧的团队就已经开始工作了。

两个团队各自运行了三四天以后，大约初三初四的样子，苏毅和卫婧在微信上遇到了。此前他们虽然认识，但并不熟悉。苏毅的团队已经接收了大量的捐款和物资，采购什么规格的物资，这种专业技术问题他都请教卫婧，几个来回之后，两个人的团队开始合作。

速度与狗粮

两个人联合的第一单赞助是护目镜。这个时候两个人都进入了空前忙碌的阶段。苏毅的电话几乎没停过，长江商学院的各届校友群都行动起来，各地企业家都纷纷表示要给武汉抗疫一线捐款捐物，短短三天时间，便募集到几百万元资金。

前方急需护目镜！正是过年的时候，生产护目镜的工厂很难找。找品牌，图片发给医院里核对，又找源头的生产厂家，终于，他们在1月25日，在浙江联系到一家生产护目镜的工厂。但是那家工厂因过年工人已经放假，他们请求工厂召回部分工人加班生产，日夜兼程。

医院里每天都在告急，每天都有死人的消息传来，抢时间就是在抢生命！用汽车运似乎等不及，火车、日常的飞机物流都来不及！他们做出一个惊人的举动——包机！

1月26日，一架载有四万多副护目镜的顺丰专机抵达武汉，物流志愿者团队早已经在机场等候，下午两点多，这批护目镜开始向湖北省的二百多家医院派发。

1月27日李克强总理到武汉，他说今天有一批护目镜来支援大家，就是我们企业家捐赠的。苏毅说。

速度快，审批程序少，说干就干，是他们的特点。那几天似乎特别重要，因为人们都还没觉醒过来，无论是医院管理者还是市民，大家都对疫情的迅猛发展速度和病人人数暴涨严重估计不足。这个时候速度比什么都重要。

他们原以为这次会像原来的多次赞助一样，一阵爱心捐赠之后，很快就会结束，他们最初估计疫情结束的时间在正月十五左右，他们认为怎么都不会比2003年的"非典"严重。但后来的事实却大大出乎他们意料。

两周之后，疫情不但没有结束，反而更严重了。

每天都有坏消息传来。

快，速度并没有解决所有的问题。

志愿者卫婧口述：

我上学时是五项全能冠军，我一直追求更快更高更强的奥运精神，但是，疫情看起来却很漫长。它又湿又重，每天压在我们身上。

那段时间缺口罩，缺防护服，缺护目镜，缺呼吸机和紫外线杀毒灯。似乎什么都缺。我每天抱着电话，却又不敢看电话。早上醒来，一打开手机，上面至少上千条求助信息。我觉得背后有一个巨大的黑洞，而我们的力量太小了。

这些求助者都在我们身边。我毕业实习的医院临床老师就是著名的医生，他也在求助，说需要防护物资，这让我吃惊。我原来以为只有小医院才需要防护物资，大医院应该不缺。我们都没想到物资的需求量会这么大。

我有一位同班的男同学被确诊了，他是一名医生，他们夫妻俩都和我是朋友。我想去关心，但在当时极度恐慌的氛围中，却不敢去关心，怕伤害他。后来我找了一个理由发微信给他，他给我回复，说他正在住院。我那位最受人尊重的临床老师也因为疑似被隔离了，我听到这个消息，完全不敢相信，他前两天还在问我要防护服啊，后来同学们告诉我，他在隔离期间关心他人，他要防护物资不是自己用，是给别人用。

那段时间我们的团队很沮丧，都在挑别人的刺儿，相互指责对方工作不到位。有一回我和团队里的高顾诚吵了架，其实我们平常关系很好。张荣国曾经在部队当过卫生员，他在我的团队里负责质检和验收，这段时间他和供应商吵过两次架。一次是和浙江一家口罩经销商，他把钱付了，迟迟催不到货，后来才明白是一个中间商。还有一次是买84消毒液，也是一位中间商，收款之后他反复许诺，就是不到货，张荣国要求退款，他又迟迟不回复，张荣国差点报警，他才退款。

志愿者苏毅口述：

我的那些企业家校友们也有些人开始沉不住气了。

有人向我质疑。质疑的人问我为什么把第一次捐赠的两万只口罩给燃气集团的七百名工人。质疑的人认为医护人员最需要，为什么不给医护人员？

团队里负责购买物资的董勇和我吵架。吵架的原因是他卡上的钱买物资用光了，他要用我卡上捐赠的钱，但是我卡上的钱已经预订了物资。

总之是不够。钱不够，物资不够，人手不够，线下的运输也不够。

我只有解释。

医护人员当然需要，但是这个城市里很多为疫情服务的工人们照样需要，更关键的是那两万只口罩到来的时候，刚好燃气集团求救，时间上太凑巧了，也太急了，根本没有思考的时间。

正值隆冬，城乡都不能断气。不单武汉燃气集团，孝感、当阳、十堰这些地方的中国燃气公司的员工全部都在行动，居民在家里被疫情阻隔不能出门，他们就主动上门。民生一刻都不能停。

　　我们原来以为疫情很快会结束，我们这些民营企业家们和往常一样，以为快速捐款就可以解决问题。但是两周以后，疫情远远没有结束的意思，大家的激情都有点受影响。我们有一种无力感，包括我本人。

　　那段时间我脾气很坏，家里没有人做家务，狗饿了没人喂。狗拉的大便怎么办？狗毛落一地怎么办？我只有对狗发脾气。

　　我发觉我连喂狗粮这件小事都做不好。

转身和隐喻

　　对苏毅来说，如果不是他的父亲，他恐怕会一直在一条路上往前快速走，走不快的时候，他就开始怀疑自己；卫婧也是这样，疫情让她和父母天天待在一起，也改变了她。他们没有想到，年迈的长辈会成为一种隐喻，他们和城市一样，给他们方法，也给他们启迪。

　　那一阵子七十多岁的父亲每天给苏毅做饭，他不让苏毅插手。父亲虽然做事缓慢，但他在做他力所能及的事，他做得有条有理、有滋有味。每顿还喝上几杯小酒。

　　苏毅那段时间夜里睡不着。他的两个公司都和这座城市息息相关，没有城市的发展就没有他这么多年的成就，多年以来，武汉这座城市和父辈一样，就是他的倚靠，一直在他的背后，是他的后盾。现在，城市生病了，他为自己救不了这座城市而焦虑。他想起他母亲十几年前在病床上的临终遗言，母亲让他多爱他父亲，把对母亲的爱转到父亲身上。但是，这么多年，他却忙忙碌碌，看着父亲衰老，他请人照顾父亲，以为尽到心了，现在，他决定不再让父亲做事，从头学习做家务。

在一天一天的陪护中，有些事情会发生变化。父亲是这样，城市也是这样。武汉的疫情没有很快变化，但是却在每天每天变。苏毅每天待在父亲身边，待在城市身边，坚持着，每天做一点点小事，为父亲，为城市。

在城市疫情最严重的某一天，看到校友群里捐赠热情和速度明显慢下来的苏毅，有一天打电话给卫婧，提了一个问题：我们这些人会不会捐完？如果我们捐不动了，城市疫情还没有解决怎么办？

卫婧一愣。

卫婧给她在医院里的同学朋友们打电话，问他们当前最需要的东西是什么。

他们需要的答案来了。在当时那种情况下，春节放假，很多医护人员忙了一天，热饭都吃不到。一下子有那么多人工作，后勤配套人员跟不上。

苏毅和卫婧似乎找到了他们的定位和入口。他们的力量是有限的，更大的事情国家会来做，但是保护部分医护人员，让这些人有防护用品、有热饭吃，做这点事他们还是有力量的。

他们开始转身，调整方向。

卫婧和疫情对峙的过程，也是和父亲一起在共同的理解和陪伴中度过的。疫情如同一块巨大又黑暗的石头，是她无法躲避的坚硬东西，她必须转过身，面对它。这样的石头曾经横亘在她和父亲之间，他们曾经有过意见不合。她父亲年轻时也曾是一位优秀运动员，他按照自己的梦想模式塑造卫婧，教她"更快，更高，更强"，教她能干优秀和快速，但是多年之后又觉得这并不是自己想塑造的产品，觉得女儿不够柔软，没有教会女儿如何生活。

那位教卫婧更快更高更强的人现在老了，也慢下来了。卫婧也不再生气跑了，疫情把他们困在一个屋子里，这颗巨石横在他们面前，他们每天面对它，一点一点消化它。

长江商学院第十二期校友朱星全很快捐赠了十万份自加热小火锅，一批医护人员忙完马上就可以吃到热饭菜了，都特别高兴。苏毅和卫婧也很有成就感。微信群里又开始活跃起来。

疫情中的城市也在转身和调整方向。为缓解大量人员住不上院，方舱医院开始建设了。

方舱医院是一种在固有大型空旷建筑里改造而成的临时医院，可以同时容纳上千人甚至几千人住院，这大大缓解了城市疫情。

方舱医院开始建设的时候，苏毅是联系长江商学院校友会会长阎志，把投资百亿元的武汉客厅和旗下的武汉国际会展中心都拿出来参与改造。与此同时，苏毅和会长阎志商量，在临时建医院来不及的情况下，和一些没有发热门诊的医院签订协议，定向捐赠改造成应急医院，可以快速增加住院人数。

他们很快和相关部门达成协议。

1月30日，卓尔公益基金会与武汉市八医院签约成立首家应急医院，当日收治了53名新冠肺炎病人。这样的应急医院一共有七家，阎志安排了两名执行院长，苏毅是其中之一，负责捐赠物资。从方舱医院的改造到应急医院的改造，长江商学院校友会的会长和校友们一下子为政府提供了可容纳八千人的床位。

思路调整了，办法也来了。

卫婧的团队也开始转身。

在医院里工作的朋友告诉她，在目前没有特效药的情况下，呼吸机很多时候是救命的关键。另外，在有些特殊的危险区域，能否由机器人代替人工作？卫婧马上开始联系这两样物资。

这两种仪器相对专业，很多医护人员不会用，卫婧就安排团队里的徐秋萍和吴慧两个人专门学习，到医院里去培训医护人员。

呼吸机和医用机器人的捐赠是这个时期的亮点，也让卫婧逐渐有了成就感。转过身来，面对着黑暗，面对着那块石头，时间长了，它就会慢慢地一点一点融化。家庭关系，城市疫情，莫不如此。卫婧开始发现自己越来越像父亲，原来她看似在对抗父亲对自己的种种要求，实际上在对抗另一个自己，她本来有柔软的本质，却在对抗中让自己变得坚硬。其实，柔软和坚硬都是她自己。这就像她每天生活的城市，无论如何说它不好，这个城市就是另一个自己。

空间与琐碎

苏毅现在不让父亲再做饭了，家务事都由自己来做，这是近二十年来所没有过的事儿。他开始学炒菜，红烧五花肉和西红柿炒鸡蛋是绝活儿，他一开始不会，但有一位企业家朋友是炒菜的行家，他就打电话请教。锅热了再倒油，油热了再炒菜，一步也不能急，五花肉要勾粉，鸡蛋要搅匀，这些是常识。

苏毅从做家务中得到启发，开始用手机视频开微课，免费为企业家们做咨询。疫情对患病的家庭是沉重的打击，对很多中小企业的生存发展也是沉重的打击，企业和人一样，当你的空间被困在很小的地方，该怎么办？一味地抱怨是没有用的，最重要的是活下去。如何活下去就是苏毅讲课分享的主要内容。

最基本的生存技术就要从身边的狭小空间开始，从柴米油盐开始，从琐碎的小事儿开始。他没想到这个课在网上有这么大反响，听众那么多。有很多企业平时一直在和平时期追求高速发展，已经不会慢下来了，很多企业忘记了生存的常识。

唤醒大家在危机状态下的生存本能，也是对城市的贡献。苏毅说。

很少做家务的卫婧在四十多天的时间里学会了做水煮肉片。首先备菜的时候肉要腌，要沥干；其次要有打底的菜，比如莴苣丝和青菜，莴苣丝先炒熟放一点点盐，青菜也要炒熟，莴苣丝铺底，青菜铺在莴苣丝上面；第三作料要炒，炒到香为止，油发红再加水，加水之后大火煮，煮沸之后关火；第四是肉片分开往锅里丢，再用小火煮，再用漏勺捞起，再用汤汁，最后加热油淋在蒜末与花椒上。这些工序让听的人都觉得晕，但是她却做得有条有理。卫婧把菜发到微信朋友圈，很多人都惊奇。

这道菜似乎只有餐馆的专业厨师才愿意下功夫做。

这比带团队达成目标还难吗？卫婧说。

卫婧这段时间在家里清理东西，翻箱倒柜，她清理出原来旅游买过的很多东西，衣服，物品，她发现有些衣服吊牌都没有剪掉过。她在这些东西面前待了很久，这让她思考原来的忙碌，原来的所谓敬业和工作到底是为什么。

卫婧过去管企业，忙得忘记了朋友和家人。她记得曾有一位大学时期的朋友从外省到武汉看她，坐在办公室等她，她却一个电话一个电话地处理业务，一个上午没有陪自己那个同学说上五分钟话。她从十五岁开始，无论做主持人还是学习，几乎都是第一名，很少第二名。这种强大让她忘记了自己，直到有一天，碰到了挫折，也碰到了这次漫长的疫情。

卫婧发觉过去的所谓成功和第一，其实是一个陷阱，它和疫情一样，也是一个巨大的黑洞和石头，这个时候需要停下来，转过身，面对它。卫婧这些年一直和武汉这座城市一起快速发展，她原来感受的是这座城市的强大，现在她才明白这座城市历经过多少磨难，甚至失败，经历过磨难和失败，强大就变成了伟大。明白了这一点，她一下子又成长了。

过去她只知道在VIP客户身上花时间，现在，疫情把她和VIP客户隔开，她每天面对父母，面对琐碎，她忽然发现，父母才是生命中最重要的VIP，必须每天精心陪护。

这座城市快胜利了。

每天新增的确诊人员越来越少，每天的出院人数越来越多，方舱医院也一个一个休舱了。

但是苏毅和卫婧不想松气。因为临近胜利的时候松懈更容易出事，临近胜利的时候还有很多善后工作要做。

快胜利的时候，热心公益事业、为武汉疫情做出巨大贡献的著名女企业家——上海瑞盈财富董事长王薇，在与苏毅通话讨论工作后突发脑溢血倒下了，住进了ICU病房。幸亏及时救治，昏迷多日的王薇开始苏醒。

卫婧在清理前期捐赠的回函，还有财务账目公示，她要让捐赠明明白白，让受捐人的谢意传达到捐赠人那里，这些琐碎的事，也是在家里的老人们面前一点一滴做的。

苏毅和卫婧现在经常通电话，谈体会。在这座城市生病的时候，他们每天陪护着这座城市一天一天度过，也慢慢找到了当志愿者的价值和理由。一个当志愿者的企业家和一个只捐赠不当志愿者的企业家都在表达爱，但毕竟有所不同。

苏毅和卫婧都觉得自己收获很大。

陪伴一座城市和陪伴自家的老人一样，光给钱是不行的，得每天处理琐碎事务。

老唐在路上

大年初五，老唐从天津出发。他先从天津塘沽赶到天津火车站，又从天津火车站赶到北京西火车站，北京西到武汉的所有火车都停开了，他准备转飞机，一查飞机也都停飞了。他买了一张到岳阳的火车票，整整十个小时后到岳阳，已经是正月初六的早上七点多。

岳阳到武汉，无论是火车、汽车全都停开了。火车站行人稀少，只有少量出租车还在支撑。他想包一辆出租车到武汉，但出租车司机告诉他那是不可能的，给再多钱也不行。前往武汉的高速封了，即使从国道朝武汉跑也不行。湖南省和湖北省交界的地方，专门设了哨卡，车子一旦过去，是不可能回来的。出租车司机把老唐拉到离湖北最近的临湘县城，老唐到临湘之后，再也没有任何机动车朝湖北方向跑了，时间是正月初六早上八点多。

老唐决定骑车朝武汉赶。武汉暴发了新冠肺炎，他必须赶过去。

老唐去当志愿者

老唐叫唐培钧，只有四十五岁，人们却都喊他老唐。老唐要去武汉当志愿者。老唐出发的时候不敢和儿子说，到北京西站买票的时候不敢和售票员说，在临湘买自行车的时候也不敢和卖车的人说。

志愿者是一个很高尚的词。老唐人到中年还只是一个工人，老唐原本有家庭，现在却成了一个没有家庭的人——老唐离婚了。老唐觉得自己是一个失败的人。他怕自己配不上"志愿者"这个词。

临湘也"封城"了，大街上看不到人。老唐在北京西站买票的时候想到过骑车，但他当时想的是买辆摩托车。临湘大街上没有一辆摩托车。他拦住一个在街头吸烟的人要买自行车，对方问他干什么，他说去湖北，但没说去武汉，也没说当志愿者。

老唐买了一辆没有后座的永久牌自行车，他把行李拴在前杠上开始骑行，他从上午九点多骑到中午十二点多，赶到湖北和湖南的省界羊司楼，碰到检查站里的十来个人，两名警察，六七名协警，还有一个测体温的人，老唐还是没说去当志愿者。

一群人拦住他测体温，问他干什么，他说去旅游。他说他去前面的赤壁旅游区，一群人都很诧异。当时湖南对湖北交界地的规定是只能出不能进，离开湖南到湖北可以，但湖北进湖南不行。检查站的人告诉老唐，出去可以，占了可就回不来了啊！

老唐没准备回来。

老唐骑了一天之后在路上还碰到另外一个刘姓骑车人，这个人在深圳打工。他从老家嘉鱼骑车到湖南，原本想骑到岳阳，从岳阳坐火车到深圳，结果在省界被拦回。老唐也没有告诉他要去武汉当志愿者。

老唐说他到湖北旅游被困住了，他说他出不去了，只有四处骑车旅游。刘姓骑车人边骑车边给老唐介绍附近都有什么地方值得一游，老唐在湖北交了第一个朋友，加了手机微信。

更早的时候在北京西站，老唐要买到武汉的火车票的时候，售票员和他纠结了很长时间。他问去武汉怎么走最近，怎么才最方便。售票员告诉他怎么走都不近，都不方便。售票员说湖北的火车站都封了，河南疫情形势也很严峻，河南的驻马店和湖南的岳阳是离武汉最近的站。售票员问他去武汉干什么，回家也不是走亲戚也不是，那这个时候朝武汉赶干什么呢?

老唐也没说去当志愿者。

老唐在路上没想明白

老唐中午从省界开始朝武汉方向骑行，一开始充满好奇。国道上车辆稀少，每骑一段会碰到一辆;自行车比车辆更少，走路的行人几乎没有。老唐要骑过赤壁，骑过嘉鱼，他要骑五六百里。老唐在路上怕看不到车和人，四周空旷的时候会有很多想法冒出来，让他左想右想，但一直想不明白。

有些事情还得从头说起。老唐出生于河北沧州，是中国武术之乡。老唐自幼习武，还是中国武术协会会员。老唐想当警察，却只当了工人，老唐在生活中爱管闲事儿，行侠仗义。老唐觉得本事不比别人差，但是在生活中身边大部分人比他混得好。老唐想不明白。

老唐包里面带着干粮、面包、鸡腿、榨菜和矿泉水，路上的艰苦对学过野外求生的老唐、对自幼学武天天吃苦的老唐不算什么，他抵挡不住不时冒出的念头，这些念头沿路折磨他。老唐看见路边的麦苗和油菜，他惊诧地看见路边和堤岸上居然长出了黄色的油菜花。他生长的北方现在还很冷，野外都是一片枯黄。

老唐朋友里有人当了处长，也有人成了百万甚至千万富翁，老唐只是一个工人。老唐本来有一个幸福的家，有老婆儿子，老唐还有一个三岁的二胎女儿，老唐想让他们过上好日子。但是老唐却离婚了，成了孤家寡人。

老唐继续骑行，他看见成群的野狗。老唐每隔三四里地都会看见一群一群野狗。老唐心里不是滋味，路上的狗比人多。武汉暴发了传染病，人们都缩在家里。他要到武汉去。

老唐骑行中喜欢看路边的公里牌，每看见一个公里牌都离武汉更近一点。老唐喜欢经过集镇，喜欢看疫情里不能走亲访友的人们待在门口无聊，喜欢看他们吸烟、喝茶和晒太阳。

老唐最累的一段路是赤壁和嘉鱼交界，路上管制得很严，老唐在那一段绕行走小路，有一段无路可走的山丘，不是他骑车，而是车骑他。老唐把自行车扛在肩上走了几里地，汗水湿透了内衣。老唐要到武汉去。

老唐也想改变生活。想改变生活的老唐用积攒多年的钱和朋友参股做红木家具生意，结果亏了几十万元，生活越改变越糟。老唐结婚近二十年没陪老婆逛过商场，老唐觉得逛商场陪婆娘不是英雄。老唐生意亏本后和老婆吵架，两人赌气离婚，儿女都判给老婆，老唐每月付儿女生活费。

老唐在路上过了两夜，第一夜住在嘉鱼县官桥镇，第二夜已经进入武汉市。老唐进入武汉的时间是正月初八晚上七点，他在边境检查站签字，照样要测量体温，照样说只能进不能出。老唐满大街找不到住处，又累又乏，想到了报警。

老唐在警察的帮助下找到一家旅馆，在旅馆的前台，他碰到一个认识武汉国际博览中心志愿者团队负责人的人，并且给了他电话，老唐通过这个电话来到国博中心。

老唐用重活儿淹没自己

老唐当上了志愿者。老唐在国博中心物资仓库当搬运工，当登记和发货员。老唐和一班子和他一样从天南海北来的人一起干活儿，共同倒班。老唐和大家每天迎接一车一车的捐赠物资，卸下临时安顿之后，装上另外的车辆送走。

老唐每天卸货的时候，都朝最高处爬，选最大的箱子搬。连绵不断的物资让老唐流汗，也让老唐沉默。这里都是捐赠的物资，这里的物资又要送到医院和社区。所有的物资存放不能超过二十四小时。

老唐每天都用重活儿淹没自己。

老唐每天的物资登记都很清楚，一箱一箱的物资标注得也很清楚。口罩、防护服、测温仪；大米、面粉和蔬菜。老唐每天看见拖物资的汽车一辆一辆开进仓库，看见高得如同半个天空的国博中心仓库下面，汽车如晃动的影子，人如移动的鸡蛋。那些天天折磨他的念头也被淹没，不再出现。老唐每天吃饭很多，睡觉很香。他和其他人共同吃山东一位志愿者大姐做的大锅饭，他和一帮来自辽宁的志愿者搭班干活儿，他们共同归一位大学老师志愿者指挥。

老唐和志愿者们看见了来自四面八方的力量。每一车物资都有捐赠单位，有大大小小的公司和个人。有一回一个民营公司捐赠了二十七车货，车一辆接一辆开进，前后连绵如同山脉。装卸货物让他们累得汗流，也让他们沉默。老唐偶尔想起他原来羡慕的百万甚至千万富翁，也就莞尔一笑，冲在前面干活。

和老唐搭班干活儿的九个人来自辽宁阜新，除一对夫妻以外，此前他们并不认识。他们有的开旅行社，有的包工程，有的开货车，有的开饭店。他们在网上认识，组成团队，包了一辆中巴开往武汉，和老唐一样在国博中心当志愿者。

那位给他们做饭的大姐来自山东济宁，原来是一位司机，丈夫在交通局上班，几年前内退后每天在家打麻将。正月十四晚她正在牌桌上和邻居边打麻将边看电视，社区检查的人上门禁止打麻将，当时电视上还在播放武汉抗疫，她把麻将牌一推，抱了一床被子上车，直奔武汉。

那位领导他们的志愿者叫高明，老唐住在他家里。他是一位大学老师，老唐在进武汉第一天晚上住的那个旅馆前台得到的电话就是高明老师的电话。

隔壁就是方舱医院

老唐在正月十二接到儿子的第一个电话。儿子问他是不是在武汉，他一愣。

老唐走的时候只有弟弟知道。老唐现在明白，弟弟知道了，全家都知道了。

你要给我活着回来！儿子对老唐说。

儿子问他危不危险。当然很危险，隔壁就是方舱医院，他们在A座，方舱医院就在B座，你说危不危险。

老唐知道儿子身边还站着其他人，他在电话里能听到他们的呼吸。老唐知道那是他曾经熟悉的家，那里有他的儿子、女儿和孩子们的妈妈。

老唐的眼眶一热。

老唐转头去看方舱医院。方舱医院是抗疫的一个创举，把一个巨大的空旷场所临时改造成医院，安放上病床，一个地方可以同时容纳上千甚至几千个病人。老唐和他的工友们忙完歇息的时候，都会看见一辆一辆车拉人进方舱医院，也会有一辆一辆车拉着已经治好的人离开。

他们看着一连几十辆车的病人达院和出院，看一连串车辆载着的穿白衣的医生和护士，每个人都不再说话。一股巨大的沉默塞满A座和B座之间的空间，塞满了头上的天空，也塞满了老唐的心里和胸口。

老唐不知道流过多少次泪。

这个练武的汉子一生都不愿流泪，但是这一回当志愿者他却一次次忍不住流泪。

他看到他的临时领导高明老师请人照顾家里九十岁的老母亲，自己却天天骑车去国博中心当志愿者，他流泪；他看见一帮辽宁阜新的兄弟每天朝最高处爬，挥汗如雨，他感慨；他看到他们之中的一对夫妻每天和几千里之外的十二岁儿子视频，他也流泪。

还有做大锅饭的大姐金雷。这个推倒麻将牌抱着被子开车赶到武汉的五十岁女人，临走前写好了遗书。她在遗书里把银行卡号、密码都写好了，一一交代。她离家三天后，她居住在另一套房的丈夫才知道，她的儿子在西安当兵，至今不知道她在武汉。

她说她要给儿子做个表率。她要让丈夫和儿子看到，她并不是一个天天只会在麻将桌上混日子的人。她说不打胜仗绝不收兵。

她的话也让老唐流泪。

老唐抽空也给儿子打电话。

老唐在等抗疫全胜的那一天。他回去之后要和孩子们的妈妈复婚，他要陪她逛街，也想多陪陪孩子们。

与他无关的城市

陕西渭南小伙儿翔子在苏州工作，当二手车销售员。正月初五早上，翔子在电视上看见武汉市建设火神山医院的消息，心里发痒，他想去武汉帮忙，一下子激怒了父母。

武汉和你什么关系，你去过一次武汉吗？

翔子没有去过一次武汉。

翔子的父亲甚至觉得他不正常。武汉暴发了疫情，他却要朝武汉跑。这个春节两位老人在村里过得很没面子，原因就在这个儿子身上。翔子有两个孩子，春节却只带回一个，他在刚刚告别的2019年离婚了，孩子一人分了一个。

连自己的一亩三分地都管不好的人，却要去一个与他无关的城市帮忙，天下有这样的人吗？翔子的父亲愤怒而无奈，他说他要和这样的儿子断绝父子关系。

翔子不管不顾，开车上路直奔武汉。

他在武汉待了两个多月，他当了一名志愿者。

4月6日，武汉疫情基本得到控制，封了两个多月的城市即将打开，翔子也收拾好行囊，准备4月8日武汉开城后回家。下午五点半，翔子赶到汉口的五爷家，见到了他两个多月以来认识的很多志愿者，大家都纷纷告别，合影留念。合完影喝茶，起身告别的时候，翔子没站稳。地板有些湿滑，前面是桌子，背后是垃圾桶，翔子身子往后仰，一脚踏在垃圾桶上，身子往回拉的时候，听到一声脆响。

这声脆响来自他的骨头里。

他立即被众人送到医院，检查结果很快出来了，左腿小腿胫骨和腓骨骨折。

是否把骨折的消息告诉父母？翔子在被朋友们转送到医院的途中以及进医院之后一直在犹豫。他几次拿起电话又停住了。翔子不敢把骨折的消息告诉家里人。

还有谁是第一次

翔子正月初五上午十时开车上路，汽车按照定位直接朝武汉市火神山医院开，路上所见所闻全是第一次。经过陕西商洛，到河南，又经过湖北的十堰、襄阳、随州和孝感，沿途的风景和新鲜地名激起他阵阵冲动，他路上一顿饭都没吃，十几个小时之后，到达火神山已经是晚上一点。

进入武汉以后，他才发觉情况与他路上想象的完全不同，大街上没有人，路上充满了消毒液的味道。他在火神山没有找到负责人，但是看见了所有的人都全副武装，口罩、防护服和护目镜包裹在身上，这让他紧张和震撼。

他没有地方住，又累又困又冷，只有退回到车里。他在车里面查询慈善机构的电话和QQ，QQ加上之后，他在车里睡了。

第二天联系上武汉红十字会，开始做一名志愿者。

翔子最初在红十字会装卸和整理捐赠物资，他在这里认识了翁小姐、五爷、胡飞、萧萧，还有胡维桓、芦文卉、宋伯伦、余丹、曹直正、李小贝、小胖、贾大伯和雷鹏等，他们有的是真名，有的是微信名和绰号，他们中有本地的、有外地的，很多人是第一次做志愿者，还有几个是第一次来武汉。

翔子一来就感觉到形势逼人地严峻。

和他们一起当志愿者的小胖是本地人，一家感染上了三个，爷爷、奶奶和姑姑，他的爷爷奶奶感染后去世了。小胖本人也疑似，按规定要隔离十四天，隔离完小胖就跑出来干活儿。他完全忍受不了全城那种压抑的氛围，他不干活儿不行。

2月15日，翔子在QQ上加入抗疫公益者联盟，寻找信息。当时交通管制后很多上下班的人和病人急需车辆，纷纷在网上呼救。翔子刚加入其中，很快就有一个人联系他。这个人是一个护士，也是第一批被感染上新冠肺炎的人，在医院已经待了二十三天了，当天出院回家。

翔子在电话里知道了她感染过的消息。他的心猛烈地顿了一下。

空气有些凝固。翔子真正接触新冠肺炎病人，这还是第一个。他的这种犹豫对方已经感觉到了。对方在等着他的回答，他最后还是答应了。

那个女孩从湖北省中医院走出来的时候居然只有一个人，这让翔子稍稍感到意外。周围没有人，没有其他医护人员或者家人去搀扶或者辅助她，她穿着一件长款的羽绒服，戴着白帽子和严严实实的口罩。外面下着雪。翔子一直把她送回家，两个人一路聊天，女护士告诉翔子她是在照顾病人的时候被感染的，她说她回家隔离一阵之后要尽快返回医院，因为病人太多了，大家都忙不过来，她要和同事们战斗在一起。

翔子当天还接了一个护士。那个护士晚上从汉阳的家里赶到医院去值班，翔子送到后护士不让他靠近医院，她说医院里人员爆满，很多人都是送亲友来看病在大厅里被感染的。护士让翔子在外面等着，一会儿她过来给翔子拿了一个热气腾腾的盒饭！这是翔子来武汉以后吃的第一顿热饭！他每天忙，每天回去要么饭冷了，要么吃泡面。

翔子流泪了，在风雪中吃完这盒热气腾腾的饭，开车走了。

2月16日，翔子在群里接到通知，要去建设方舱医院。翔子开车赶到洪山方舱医院的时候惊呆了。这里原来是一座体育馆，大概有几万平方米，里面大得可以跑汽车。现在要在这个地方一天内建设出一家医院，摆一千张床位，还要配好床头柜、热水壶这些必备用品，可能吗？一下子涌来了很多志愿者，翔子几乎都不认识。翔子被夹在人海中和人们一起干活儿，别人干什么他也干什么。

这些人里面，有很多和翔子一样是从外地赶来的，他们每个人都有各自的故事。

雷鹏是河北保定的一位老板，他来的时候开着宝骏510。他姓雷，进入武汉就直奔雷神山，但是雷神山却不要人，他只有赶到红十字会。这位四十多岁的男人，后来接其他志愿者到红十字会工作的时候与雷神山的一位建设者开车相撞。精致的车辆全部报废，幸运的是人没有事。车辆虽说有保险，但在当时交通封锁的时候，雷鹏再也无法出门了，只能待在仓库里干些粗重的体力活儿。

金雷大姐来自山东济宁，年近五十，她一个人开车从济宁朝武汉赶的时候连武汉是哪个方位都不知道，她的车上放着被子和方便面，做好了吃苦的准备，她进入武汉的时候有些茫然，她不知道在这个城市该找谁。她和翔子一样在网上查，她第一个电话就打给翔子了。

翔子后来在武汉国博中心红十字会仓库当志愿者的时候和金雷大姐在一起工作过，她曾经是一个客车司机，力气特别大，能一只手拎一个煤气罐飞奔着前行，人称飞毛腿。

同样也是第一次来武汉的还有辽宁阜新的九个人，他们一直在武汉国际博览中心仓库接收并装卸外来捐赠的物资，这九个人中除了一对夫妻之外，其余的几个在阜新当地也并不认识，是武汉的疫情和准备支援武汉的决心让他们在当地联结到一起。2月16日，由当地民间新公益爱心团队的胡佳召集，李国庆立即响应，随即赖洪亮、王宇、何家鹏、李宁、马金阳、刘晨等当天晚上就报完名。联系好之后，如何到达武汉成了问题，因为当时全国所有抵达武汉的飞机和火车都停开了，他们建了一个微信群，在群里讨论，决定包一辆中巴车朝武汉赶。

2月17日，他们开始出发，他们只知道武汉在南边，他们没想到跟着导航一走就走了一千八百公里，他们的目标是雷神山。

他们之所以想去雷神山，是因为雷神山有他们阜新的医疗援助队，他们想在那里支持帮助自己家乡的医疗队，但是雷神山物业部的负责人告诉他们，雷神山不缺人，经过层层介绍，他们来到了国际博览中心物资仓库。他们每天负责接收外来物资、登记、下货，所有的货物存放不能超过二十四小时，然后再用本地的物流车迅速把这些捐赠物资转运到需求单位。

他们这些外地志愿者每天都在手机上寻找信息，找活儿干，哪里最忙哪里就有他们。

忙到中午，翔子还找不到微信上的联络人，因为声音太嘈杂了，完全不知道谁是负责人，也只好继续投入到战斗之中。

后来这些人慢慢都认识以后，翔子才知道那个时候大家都和他一样，相互之间都不认识，所谓的负责人也都是临时召集的志愿者，负责人一到现场也都开始劳动，大家干活儿全凭一股心气，谁认识不认识其他人有什么关系呢？

翔子现场交了很多朋友，他们的名字多得无法一一罗列，只能用胡非、安安这样的微信名称呼。他们一起又搬了七百二十多桶84消毒液，搬完已经是晚上十点了。

谁的战场

翔子在武汉即将开城的时候骨折了，他躺在医院里，首先为住院费发愁。他来的时候手机卡里一共有三万多块钱，在武汉两个多月，加油费全是他个人承担，他行前清过加油票，一共5128元，加上临时购物吃饭，他的手机卡里只有一万多块钱了。

得知消息后，武汉红十字会、徐家棚街道徐东社区都来慰问他，送来慰问金，几个外地和本地的志愿者都来看他。

有几个志愿者认为应该把这件事报告给政府，因为翔子是为帮助武汉做出的牺牲，和翔子关系很好的金雷大姐劝止了他们。

我们是来帮忙的，我们不是来添乱的。金雷大姐说。

金大姐认为政府正在为开城做准备，小区都还在严格封锁，这个时候可以说百废待兴，哪有时间和精力管这事儿呢？金大姐问翔子还缺多少钱，她准备让家里打钱过来。

金大姐的话翔子听得进去，在志愿者队伍里面，他和金大姐关系走得近。翔子一开始和金大姐一样在红十字会及国博中心工作，后来翔子去了更为繁忙的武昌专门负责接送外地医务人员的志愿者团队，就和金大姐说的话有很大关系。

有一段时间，红十字会接收的捐赠物资有限，有些志愿者劳动量不饱和，显得无所事事，翔子在网络上却看到另外一些地方忙不过来，急需志愿者，他准备换个地方去多干活儿，得到了金雷大姐的理解。

我们是干活来的，不是来图清闲的，我支持你。金大姐说。

从此，翔子开始接触到一批又一批的外地医务人员。

2月19日，翔子在群里看到消息，招募接机志愿者，翔子毫不犹豫地第一个报了名。第二天早上翔子赶到武昌区政府门口集合，十几个志愿者被一个领队带着上了中巴，在车上，在等机的过程中大家才相互介绍认识。

由于飞机晚点，上海医疗队下午才到。二百多人齐刷刷地从机场通道往外面走，那阵势把翔子震住了！翔子跟着领队喊口号，喊欢迎上海，喊武汉加油，喊中国必胜，喊着喊着眼泪都出来了。翔子想到寿光捐献三百五十吨蔬菜的时候，当地人在新闻镜头上说的话。寿光人说，我们把家底都捐出来给武汉了！翔子想，这上海人，一次性来了二百多，这是不是也把家底拿出来了啊。

翔子由此想到自己。自己只是一个高中毕业生，一个打工的人，上有老下有小，自己打工挣的全部家当就是一辆日产骐达1.6L五人座二手小轿车，自己却开着这辆二手车赶到了武汉。自己和二手车，这就是全家的家底啊，咱们家把家底也算捐出来了。

第二天来了更多的医疗队，有山东、山西、江西、福建、辽宁、天津等，接机志愿者照样在武昌区政府门口集合，翔子又遇到一批新面孔。翔子被领队任命为组长，负责迎接山东医疗队。翔子有些蒙，他不是武汉人，连机场在哪里都不知道，接机后到哪个酒店更不知道。领队告诉他不要怕；领队告诉他昨天来是队员，今天就当组长，这很正常；领队告诉他，疫情就是战争，战时就是这种状态。具体任务有哪些？接机，接机后安排拿行李找酒店。这翔子都知道，最关键的，领队给了他一项任务，要他做外地医疗队的思想工作，在车上要演讲。

这件事儿对翔子有点儿难。翔子是高中生，是一个打工者啊，来的医护人员，那都是专业人士，是硕士博士，自己凭什么给人家演讲呢？领队没有时间和他多说了，你这个志愿者，你比医疗队早来武汉，你对武汉比他们熟悉，是不是？你得把武汉的严峻形势告诉他们啊。

翔子现在代表全组十几个志愿者，代表着武汉了！他们迎接山东医疗队，山东医疗队就把他们当作武汉人。一下飞机，就向他们打听关于武汉的情况。到底有多少患者啊？到底还有多少人没有住上医院？我们住的地方离医院有多远？武汉三个镇哪个镇病人最多？

取东西取东西！上大巴上大巴！清点人数清点人数！喊口号喊口号！喊必胜！喊加油！都喊完了，上车出发！

该翔子出场演讲了。

山东的领队和他对接。

怎么称呼？翔子！真名叫高翔，上上下下喊我翔子！

车朝市内开。

山东医疗队队员们好奇地朝车窗外面望。他们对疫情的了解大部分来自网络和媒体，现在他们终于看见了这个被病毒侵害的城市。翔子看见这些人，想起自己当初的好奇，眼眶一热，开始演讲。

我叫翔子，真名叫高翔，来自陕西渭南，只有高中毕业，没有演讲过……

我只来了二十多天，原来没有来过武汉，我开车进入武汉那天，和大家一样，对外面充满了好奇……

翔子明白了，说实话，讲故事。用实话和故事告诉大家，要特别小心，这里的形势比网上说的更严峻，这个地方是战场。

翔子讲完自己给大家讲他身边的志愿者的故事。他讲李小胖全家感染的故事，讲胡飞的故事。他说胡飞是一个复员军人，疫情期间一直在红十字会，每晚睡在椅子上，身上盖军大衣。他说胡飞不敢回家住，他怕把外面的病毒带回到家里。

他讲到他刚来的时候，有一天在高架桥上碰到的一位武汉大伯，讲那天的大雪。

那天翔子送完一个本地护士和一个大学生志愿者，在风雪之中开上高架桥，看见前面有一个年纪有点大的大伯。高架桥上特别寂静，只有翔子一辆车，只有前面的一位大伯。翔子减速，缓缓停在那位大伯前面，打开双闪。

大伯上车了。

大伯说他去社区值班。

大伯所在的社区离高架桥还有十几公里。

大伯说他平时都是开车上下班，但是现在小区封锁了，他的车被封在了小区里，公交又停开了，他每天就步行上下班。

他步行要两个半小时，遇到雨雪天气可能要三个小时。

这样的故事让人无话可说，只有沉默。

所有的医疗队队员也都一片沉默。

翔子的演讲很成功。他用这些真实的故事告诉大家武汉现在到底怎么样了，他告诉大家要吃好、睡好，要准备打硬仗。他告诉大家这是一个战场，并且是一场恶仗，打恶仗要有好的身体。他告诉大家，这不单是武汉人的战场，而是我们每个人的战场，只要一来，是分不清你我的。他的诚恳赢得了掌声，也赢得了很多朋友。

谁的心意

医院报出手术的大致费用，还差四万多块。翔子准备卖掉他那辆日产骐达1.6L五人座二手小轿车。他在网上把那辆车晒出来，标价四万八，他是经销二手车的，他知道这辆车的价值。这辆车是他在2017年买的，跟了他三年，现在，他要把它卖掉来治他的腿。

翔子的举动震惊了网友和媒体，网上开始声援他，给他捐钱。志愿者王超和高明等朋友做了一个自媒体，专门为翔子筹款，每个人捐赠不要超过二百元，筹到基本上够手术费和陪护营养费为止。

志愿者们还为翔子的救助专拉了一个群。

公众号和微信群里挤满了问候。

翔子开始每天收到心意，躺在床上每天和网友们互动。

网友们给他捐款，向他问候，称他为英雄。翔子不敢相信，不敢接受，更不敢应答自己是一个英雄。

我只做了一点很简单的事，我凭什么是英雄呢？

躺在医院里之后，翔子算是静下来了，他终于有时间总结一下他在武汉的这两个多月了。他得好好想一下，最起码要把那些捐赠者和问候者回忆起来。他把这些朋友分成几类，一类是和自己在一起工作过，一起当过志愿者的朋友；一类是从来没有见过只是听说过的朋友，这一类的朋友只是从新闻媒体和网络知道了他的事儿，主动来捐赠和问候；还有一类，翔子得仔细想一下。这些朋友说和他在飞机场或住宿的酒店里打过交道，说翔子直接或间接帮助过他们。

那时候人太多了，翔子每天看到的都是人，穿防护服的人，戴口罩和戴护目镜的人，他不知谁是谁啊，但大家都知道他叫翔子，他没有穿防护服，只戴着口罩，容易辨认。

翔子后来主要负责外地医疗队的接机和住地生活的协调，主要负责对接的酒店有：发改委培训中心、汉庭酒店、楚天粤海酒店和宜家酒店等。翔子记得2月21日那天他一共带人接了八趟飞机，这个时候的翔子已经是上下都认识的人了。上级安排他当队长，负责培训新加入的志愿者。志愿者是一个松散的团队，今天在当志愿者的人明天可能因为上班，因为生病或者其他原因不来了，所以翔子每天都得培训新人，然后带着他分管的志愿者们处理各种事务，接机、装卸行李、安排对接酒店和购物。有一个人说他是吉林的慰问者。翔子开始想吉林。接吉林医疗队那天时间已经很晚了，最后一班抵达是晚上十点，等行李全部弄顺出来上中巴又费了一个多小时，医护人员太多了，东西也带得太多了。翔子记得那天机场的所有人员全部都没有休息，所有的人都等着这一趟航班。翔子记得那天和吉林的领队走散了，联系不上，因为对方手机没电了。

来自广东和河南医疗队的慰问者。哦，这个翔子有印象，但他对不上号，不知道具体是哪个人。那一阵超市和原来大不一样，超市不对个人，只对团购。团购由志愿者或社区里的人持政府或疾控中心的证明才能去买。翔子记得一买就是一车，就是几大包。有医疗队公家买的，也有医护人员自己的。三十个水桶、四十个脸盆、五十个衣服挂钩，还有少数医务人员要吃泡面和巧克力，这些都是单独付账的。

翔子记得有一回东西送到发改委培训中心是早饭后，医护人员已经到医院去了，酒店里三十多个员工都下来帮忙。每一件物品都归类，脸盆、水桶、毛巾、洗发液、肥皂、牙膏、沐浴露、拖鞋、挂钩、喷壶、衣架、抽纸等，分完物品已经是中午了。分了整整一个上午，分了几个小时，刚准备歇一口气，第二批物资又来了，方便面、牛奶、面包、八宝粥、水果……

翔子记得当时的酒店几乎到了弹尽粮绝的程度，服务员口罩都不够，84消毒液也不够，酒店没有防护服，所有的防护服要全部节约出来给医务人员。

翔子还想起有一次出去找理发师。一两个月没理发，大家都憋不住了。哦，还有一次是借电饭锅。河南医疗队的孙领队、杨领队每天要给医疗队的每一个人煮一个鸡蛋带上，需要电饭锅，但是电饭锅超市里没有卖的。翔子找到酒店，酒店只有一个电饭锅。翔子把唯一的电饭锅拿去给了河南医疗队。翔子说，哪怕咱们不吃饭也要把电饭锅给他们，人家天天在前线救命啊。

大家也都明白这个道理，也都支持。

翔子的父母知道他骨折的时候他已经有了些名气，中央人民广播电台中国之声、今日头条、《楚天都市报》以及渭南当地的媒体都报道了翔子，翔子也被位于汉口二十路的空降兵军医院接过去免费做手术，3月23日晨，翔子的母亲坐火车赶到了武汉。

翔子的母亲在病房里前后待了一个多月，陆陆续续看见了很多人来看望翔子，他们或拿着鲜花，或拎着鸡汤，或带着其他补品，她看见了很多和她的儿子一样的人，这些人都是志愿者，他们各自有一份工作，也并不是很有钱，但他们热情、忘我，为他人的事不计回报。翔子的母亲终于明白，这个世界上有些人和她儿子一样，未必能管好自家的一亩三分地，却整天拿别人的困难当自家的事儿。

翔子在一个多月后的5月2号出院了，武汉的志愿者朋友王超、高明和刘尊艳三人一直开车送他到渭南，送到他们村子，在高速公路口和村口，翔子受到当地媒体的围堵采访和鞭炮锣鼓欢迎，这些他母亲都不是太在意，他母亲牵挂的是另一件事。很多网友和朋友在微信里劝翔子在家养好腿之后再到武汉，他们劝翔子在武汉找个对象。他母亲希望这件事早点落实下来。

英雄和大虫

老尹一生研究英雄，尤其爱看《水浒传》，他对有关英雄武松的故事和桥段追踪了很多年，小说、广播、说书和曲艺样样都喜欢。老尹在全国著名的央企武汉钢铁集团工作，他希望像武松那样碰上一只老虎、一只大虫，让他成为英雄。但老尹即将退休了，还是企业的科级干部，没有机会当上英雄，他觉得有些遗憾。他觉得自己是没有用武之地，是没有机会碰上老虎、大虫。老尹在快退休的时候，碰上了新冠肺炎疫情。

"封城"和拍摄

武汉"封城"的消息来得有点突然，第二天就要过年了，前一天却突然宣布"封城"。老尹有些吃惊，也有些烦躁。他原定年后回老家孝感市看望母亲，母亲九十四岁了。他预感到城市里面发生了很大的事儿，他开始打听和研究这件事。

这件事很快都知道了。新冠肺炎就是瘟疫，是传染病。这个病早在十几天前老尹就断断续续听人说了，现在，连城市都封了，看来疫情相当严重。

好在老尹有些准备。老尹到厨房和库房里转了一下，他对自己的储备感到满意。他估计会"封城"两周，原定正月初七上班，恐怕要延后，要拖到正月十五。他的过年物资就是按到正月十五准备的。他给远方的母亲、给几个老家人分别打了电话，又打开房门看了看屋里电脑前的儿子，安下心来。

老尹接到朋友张大师的电话。

张大师是老尹多年的朋友，做过记者，做过生意。朋友们喊他张大师是因为他喜欢算命，喜欢搞些装神弄鬼的东西。

张大师喊老尹一起上街拍摄。

张大师站在大街上，嘴里哈着热气。他说街上空空荡荡，完全不像一个千万人口的省城。他说武汉"封城"是百年不遇的事，必然有很多值得纪念的东西，他说他准备记录下这一特殊时期。

老尹有点激动。他年轻的时候曾经在企业组织部工作过，也曾舞文弄墨，喜欢艺术及摄影摄像。他当年在《长江日报》上发的小诗一直被他压在箱子底部珍藏多年，他拍摄的职工风采照片多次上过企业报纸，他的艺术才能在朋友中被广泛认可。

老尹想和张大师一起去拍摄。

明天就要过年了，等过完年再说。老尹说。

张大师说了他的想法。开车或骑自行车，去拍拍街道、车站、医院和码头，拍一切能拍的东西，不要主题。百年不遇的事情，必有百年不见的情景。

拍下来干什么呢？

不干什么。就是做记录。

老尹下午准备做过年的饭菜，一直在激动之中。开车也行，骑自行车更好！拍空旷的城市，拍"封城"后的人和事。老尹准备年夜饭的中途坐下来吸烟、喝茶　刷刷手机，手机上到处都是关于"封城"和疫情的消息图片、视频。

飞机场、火车站一大批警察和防护人员在检查乘客，体温高的乘客被当场拉走。旅店、餐馆家家关门，预订好的年夜饭统统取消；市内公交全部停开，市区过江隧道关闭。有消息说，目前还能开动的私家车和出租车也即将限行。

微信里都在打听和传播疫情信息。医护人员已经严重短缺，病人多得看不过来；医院大厅里的病人如同蝗虫乱飞，排队一排五六个小时甚至七八个小时还轮不上看病。

老尹越看心里越害怕。

难怪突然"封城"，原来出了这么大的事。

张大师已经在行动了，他拍的照片和视频发在朋友圈里。老尹看不上张大师拍摄的图片和视频。老尹继续做饭的时候忽然觉得张大师的行动不对劲。没有主题，忙活啥呢？凡事得有一个主题才行。再说，车站、码头、医院，那可是人如潮涌的地方，那多危险啊。

老尹觉得张大师不够稳重。

到了晚上，张大师发微信来问他的意见，老尹已经改变了主意。

他说他不去拍摄。

工作者和志愿者

老尹和全城里的人一样，在惊恐和不安中过了一个年。过年的时候微信里传来几家医院的医生围在一起吃冷饭的照片。老尹和城里的其他人一样，被这张照片激怒了。

为什么让医护人员吃冷饭？

医院食堂关门了，厨师放假回老家了。

厨师为什么要放假？

关键是管厨师的领导们没想到会突然增加这么多病人。

医院领导为什么没想到？

再问下去就没有结果了。似乎谁都没想到会暴发疫情，并且疫情会暴发在春节这个时候。

那医院附近的餐馆和小吃店呢？

也都关门了。

老尹在企业工会下属一家酒店当经理，他管辖的酒店员工都放假回家了。他打电话给厨师长和大堂经理，他们也都回乡下了。老尹想把厨师召几个回来给一家医护人员做饭，但完全不可能，武汉"封城"以后，附近的几个地市也都"封城"了。

老尹年夜饭后到小区很近的地方去散步，他看到穿黄色服装的外卖骑手还在工作，还在给小区送饭送物；他看到物流公司的快递人员还在工作。

老尹在散步的时候碰到住在附近另一个社区的老栾。老栾和老尹同在企业工会工作，老栾在财务部当部长，是副处级，老尹在酒店当经理，正科级。老尹和老栾原来平级，但是当年长江防洪的时候老栾在江边巡堤，得到集团公司和省市嘉奖，成了英雄，受到提拔，两个人的级别也就拉开了距离。

老尹问老栾干什么。

老栾说想当志愿者。

老栾比老尹大几岁，他说要当志愿者，让老尹吃了一惊。

老尹觉得老栾去当志愿者年龄大了。

老栾觉得自己身体还好。他喜欢打乒乓球，他觉得每天有使不完的劲儿。老栾和老尹一样，注意到了武汉突然"封城"带来的不便。

医院里医护人员缺吃缺喝缺防护用品，老人们缺药品，住户人家缺生活日用品，这些事情都得有人做，老栾想去做，却不知道该联系谁。

老栾说他每天在网上搜寻关于志愿者的消息。他说有很多外地人都朝武汉赶，他们要来当志愿者。老栾说城市里有很多人自发组织志愿者团队，开车去接医护人员上下班，给医院里运输物资，给市民运输蔬菜和粮食，老栾也在网上报了名，却没人录用他。

我可以开车，也还有力气。老栾说。

老栾的儿子和老尹的儿子差不多大，老栾的儿子学动漫，老尹的儿子学计算机。

老尹随后几天不敢看手机，却又忍不住，每天看，每个小时看，他原来每天刷一两个小时手机，现在每天至少刷七八个小时，一有空就掏出手机。哪怕半夜醒了，也打开手机看看。

他最关心医院和病人，但医院里缺口罩，缺防护服，缺护目镜，什么都缺，老尹很着急。

老尹和张大师在电话里对疫情状况有愤怒、有感叹，也很无奈，一个很大的东西拦在他们面前，也拦在城市的其他人面前，它越变越大，大到大家都无所适从。

他们都认为国家规定的正常上班时间开不了工。

通知随后就到了，真开不了工。

敲锣和夜深

老尹住的武钢集团职工小区位于武汉市相对偏远的青山区，青山区早些年是工业区，只有武钢和一冶几家大型企业，这个片区和市区之间隔着大片大片的蔬菜地和农村。企业员工和附近的居民看病都在企业职工医院，职工医院多年来一直是青山区最好的医院，但职工医院医疗技术和设备水平都有限，遇上重病重症，职工和居民们还得转院到汉口的同济和协和等大医院。如今青山区虽说还以工业为主，其他产业也发展起来了，城市建设早已发展得和市区连成一片，早先的蔬菜地陆续开发成高楼大厦，早先的农民也成了拥有多套宅基房产的富裕人家，高铁站设在青山区更远郊，青山区早已和当年不可同日而语，但有一些东西却没变，譬如青山区的医院和医疗水平。

青山区后来又发展了一家稍大的医院，但总的来说，武钢的企业职工医院仍是当地最好的医院，重病和重症，仍然要到武昌的大医院或者汉口的同济和协和等大医院。青山区在疫情期间有两家发热门诊医院，一家是九医院，一家是位于白玉山的规模比较小的传染病医院。发热病人太多本地医院治不了，就朝武昌和汉口跑。公交、出租和地铁都停了，私家车后来也不允许开了。病人即使去了也没用，排不上队，更住不上医院，形势很紧张。

老尹早年有一个同事，是资深的水处理技工，退休以后陆续被多家企业聘用，在上海和广州都工作过，后来在汉口几家企业兼职，赚了很多钱，但没想到这次却感染了，赚的钱派不上用场，很快就死了。

老栾有个邻居一家三口全部感染了，先是母亲，后是女儿和女婿。母亲没有住上院，由女儿推着在九医院排队打针，一排四五个小时的长队，打完针再回家隔离。母亲感染几天后就去世了，女儿女婿也感染上了。

老尹和老栾在电话中交流，感觉到新冠肺炎就在他们中间。那个水处理技工他们都认识，那一家三口感染的就在老栾的隔壁门栋。青山区有多少人被传染上了呢？这个病为什么只有几家医院才能治呢？老尹整天心旦悬吊吊的，生活在恐惧之中。

正在附近武钢体育馆拍摄的张大师，给老尹发来一条消息，这条消息老尹刚刚在手机上也刷到了。消息上说汉阳有个女子敲锣救母,她的母亲多天发热住不上医院,她四处打电话求助无用,只好在阳台上敲锣求救。这个女子其实敲的不是锣,是盆子。她把两只盆子都敲破了,她边敲边在阳台大喊。她的母亲快不行了,她除了敲锣,再没有办法了。

老尹夜里睡不着。老尹发现深夜里很多人都没睡。张大师还在微博和微信中发图片传视频。老尹看到了他拍的体育馆,体育馆里有游泳池,有网球场,有乒乓球馆,有足球场,这里往日是人流最集中的地方,现在却冷冷清清。老尹看见了张大师和体育馆孙保管的合影,那个孙保管原来是老尹的部下。

老尹隐隐约约听到耳边有敲锣声,连续几天,他夜里都会醒来几次,都是被敲锣声敲醒的。他没想到一个女子会用这种方式敲锣,锣声在他头顶上,就在耳边,一声比一声响。

老尹每次醒来,都泪水涟涟。

老尹现在明白了,大老虎来了。他一生都在等待的大老虎、大虫,终于来了。

老尹现在慢慢对这个传染病有些了解了。这个病人传人。这个病传播的速度快。这个病并不一定非要有肢体接触才能传,而是同乘一辆车,同一桌吃饭,同一个会议室开会,都有可能传染上!

这个病比十七年前的"非典"严重多了啊!

老尹想出去做点什么,又害怕这个病毒。张大师拍的东西越来越多,慢慢成了一个体系,他拍的东西老尹觉得水平不如自己,老尹心里痒痒的,像虫子一样在心里钻。老栾说当志愿者，也弄得老尹心里痒痒的。夜里睡不着，老尹起来坐在沙发上边吸烟边想事儿。

老尹一生没有当上处干，他认为原因是那年长江防洪没有报名，那年防洪突击提拔了多少人啊，又当英雄又提干。他后悔了很多年。提处干都是有年龄限制的，错过了就没有机会了。后来老尹就自己寻找机会。现在社会上，还有谁是英雄？老尹认为有钱人才是英雄，人有钱了才能四处去捐款，才能帮助困难的人，那多英雄啊。老尹就想当个有钱人。

老尹最后悔的是又错过了两次发财的机会。

老尹错过的第一次机会是一家科技大学后勤集团社会化，招聘总经理，年薪几十万。老尹参加了招聘，在招聘会上演讲，讲成本，讲财务，讲管理规范。央企的酒店财务系统非常规范，不允许有白条出现；采购和物流系统老尹也熟悉，加上老尹有口才，他就在招聘中胜出了。但最后办理人事关系转接的时候老尹却犹豫了。老尹觉得央企更稳定、更舒服，到科技大学后勤集团工资虽然高，但是照顾儿子的机会少了，更重要的是，不稳定，运营好了赚钱，工资高，运营不好，亏损了怎么办？

老尹拒绝了调动。

对方很生气，觉得不可理喻，觉得老尹耍了他们。

老尹后来肠子都悔青了。

大学里的后勤集团，学生人数是有保障的，只要会成本控制，怎么会亏损呢？那可是坐地赚钱的机会啊。等老尹明白过来，机会没有了。

老尹错过的第二次机会是青山修长江大桥，修大桥的施工队伍在老尹所在的酒店搭伙，施工队负责人找老尹通过关系买钢材。建大桥要多少钢材啊，对方报出的数量让老尹心跳不已。老尹找到一家有钢贸资质企业的朋友，准备大干一场。他大致算了一下，做这一笔生意，儿子的儿子都够吃了。

老尹没想到事情会变化，煮熟的鸭子也会飞。施工队的负责人后来遇到压力，说省里一个领导介绍了一家贸易公司，市里一个领导又介绍了一家贸易公司，这些关系都得照顾，他给老尹道歉，他希望老尹能理解他的难处。他准备把这座大桥的钢材业务分作三份，给每一方三分之一，这样都不得罪，面子上都过得去。他没想到老尹不同意。

那个负责人觉得老尹人不错，要给他这笔生意做，再三和老尹商量，但老尹态度强硬，要求一家独做。他天天晚上算账，已经算到孙子那儿了。尽管他儿子还没结婚，但他认为孙子是迟早的事儿。他赚钱管儿子，还得考虑孙子一份，是不是？孙子要上双语幼儿园，要读最好的小学和中学，这要多少钱呢？多赚钱，还可以捐赠给困难的人，是不是？老尹是个有规划的人，他想得很远。

直到那个负责人最后等不住了，把业务分给另外两家公司，不和他做了，他才清醒过来。

那个负责人后来还和他时常见面，每次见了他都直摇头。

春天和小虫

老尹没想到张大师火了。他每天拍摄的东西发在网上，有几十万的粉丝，连老尹自己都是张大师的粉丝。他和其他粉丝一起，每天等着张大师发布新内容，那一天张大师没发布，或者发布晚了，老尹和其他粉丝们就会催促他。

粉丝们把张大师称为英雄。一传十十传百，一下喊开了。大家每喊一次，老尹的心就被针挑一下。张大师拍空旷的车站和街道，拍关门的酒店和被疯狂抢购的商场，拍住户人家在突然"封城"状态下的措手不及——缺肥皂，缺食盐，手机坏了没办法修，厕所堵了没办法疏通，老人没药怎么办，孩子没有奶粉怎么办，中年人没有烟吸了该怎么办。这些零零碎碎的生活构成了"封城"之后的武汉。

原来大家都这么不容易，原来还有人更不容易，原来我们一家一户，都和这个我们天天骂它天天对它不满的城市联系这么紧密啊。

老尹没想到政府的主流媒体和网站也在采访张大师，也称他为英雄。老尹不认为张大师是英雄，这些都很简单，都不需要什么高超的拍摄水平，但是老尹有一点却不得不承认，他每天都想看，每天看完都泪水涟涟。

老尹没想到比张大师更火的是几个快递员和外卖骑手。有一个外卖骑手，中央电视台给他做了几十分钟的片子，他的微博每天有一百多万粉丝互动。他只是送餐、送菜、送日用品，还给老人买药，他看起来只做了平常的事儿，但是很多骑手都回老家去了，他却留了下来，每天风风雨雨地送，朝别人都不敢去的医院里送。

这个红火的外卖骑手吸引着老尹让儿子也下了一单，他们从此认识了。

这个被称为城市英雄的小伙子不年轻了，三十九岁没有成家。他戴着茶色眼镜，操着不标准的普通话。

老尹想和这些被称为英雄的人说说话。一个普普通通的人，怎么一下子就成了英雄呢？但是这个时候，已经有些名气的这些人都忙起来了。无论是张大师还是外卖骑手，老尹联系起来都不那么容易了。

老尹几次打张大师电话，张大师都忙得没空儿接。老尹想和张大师说说话，他时间太多了，他每天都在自己一百多平方米的房子里走来走去。房间装修得很好，材料都是老尹自己买的，工人干活儿老尹每天都监督，但是装修再好也只有这么大，老尹想到外面更大的地方去，但小区已经封了，他出不去了。

老尹终于联系上张大师，问他为什么能出入小区。

张大师说他每天在拍摄大家都看得到啊。他说连他们小区的居委会管理人员、小区门卫每天都在等他的视频上网，他怎么会出不去呢。

那个有一百多万粉丝的外卖骑手更忙，他送单之余，在网上回复网友们的问题，把各种媒体的宣传发到网上。中央电视台采访他，省市电视台也采访他，网上也都称他为英雄。他一次一次出入医院给医生送外卖，电视台问他害怕不害怕，他说害怕。谁不害怕呢？

更红火的是一个快递员。这个快递员上了国家级新闻发布会，职务上连升三级。他做了什么事呢？也就是每天送货，朝医院里送，朝社区里送。

老尹在电视和网络上看他们几个人的新闻，感觉心一下一下被扯。

媒体上称他们为摆渡人。城封了，小区封了，一家一户关在屋子里，一家一家成了孤岛，的确需要摆渡。大街小巷空空荡荡，真的像河流一样。他们这些人，就成了从河流里朝岛上送物资的人，送消息的人，这些人不是英雄，谁是英雄呢？

立春之后，春天算是来了。

城市里一个冬天没下雪，立春之后雪开始下了。

立春之后，几个医生感染病毒死了，其中包括著名的李文亮医生。这几个医生的死让市民们更加紧张起来。连年轻的医生都无法治疗，这个病毒有多厉害呢？老尹在伤心恐惧之余也找到了理由。不是我不出门，实在是这些病毒太难对付——这些虫子太小了啊，它小得无影无踪，小得只有用显微镜才能看到，小得全国全世界的科学家们都没有办法对付它，我出去有什么用呢？

如果是一只老虎、一个大虫，我肯定会冲上去。老尹说。

我天天都在等老虎，等大虫，最后却来了一个小虫。老尹说。

大虫原来并没有来，只是来了小虫，小虫不归我管。老尹这么想。

如果是洪水猛兽，我一定对它不客气。老尹说。

想到洪水，老尹想到了老栾。

老栾正在为出不了小区当志愿者着急。

小区封锁以后，老栾向社区申请当志愿者，但是社区没批准。他们要求志愿者年纪不能超过六十五岁，老栾刚好过了六十五。老栾说自己身体好，会开车，说来说去社区都不同意。

老栾觉得遗憾。

老栾遗憾起来有些沧桑。他说自古英雄出少年，这话说得多么正确啊；他说他还想当英雄，但是连当一个志愿者人家都不要啊；他说时间过得真是太快了，当英雄也要趁早啊。

老尹深有同感，安慰老栾说，只怪这虫子太小了。我们想使劲，使不上劲儿啊。

老栾不服气，他认为自己身体还好，还能干事。英雄出少年是一说，危难出英雄又是一说。现在正是国家和城市危难时刻，正是出英雄的时候，出不去怎么行呢？

老栾在电话里和老尹说到当年长江百年不遇的大洪水，说到洪水要漫到堤岸，堤岸一层一层加高，老栾说那个时候洪水看着比堤岸外的几层楼都高，甚至比河堤上的人高。防洪的人日夜在堤上，天上下着雨，随时都可能堤毁人亡。老栾说到一个细节，他说有一天夜里他在河堤上解手，不小心踩到蛇，洪水把蛇都逼出来了。防洪的人谁不会碰到蛇呢？很多人都有被蛇咬伤的经历，夜里解手不小心，屁股会碰到晃动的蛇。

老栾说得充满骄傲，老尹听得心惊肉跳。

武器和阵地

正月十五之后还没有通知上班，老尹储备的物品也差不多用光了。老尹要出去购物，更想去感受上班的氛围。老尹所在的酒店几十年没有赚过钱，早先大多都是企业内部单位聚会消费，这几年消费控制得很紧，经营艰难，好在是央企投资的，不影响老尹收入，不影响老尹在几十号员工面前"牛气哄哄"地训人。老尹喜欢上班，喜欢热闹，老尹在家待不住。

老尹想出小区，小区门口管控越来越严格，买菜也开始团购，每三天才集体买一次，每次都在网上买。老尹不会用网络购物，只会用网络看新闻，像伯这个年纪，大多是这样，那些钢铁厂的工人们，那些天天使力气的人，谁研究网络呢。

同样不能出门的老栾终于当上了志愿者。不出门怎么当？靠网络。老栾在志愿者微信群里面给他们远程管账，志愿者们联系的四面八方的捐赠，有钱有物，账目管不过来，他就在网上帮忙处理。老尹也想去当志愿者，但他出不了小区，又不懂网络，他只好一天一天待在家里。

待在家里，时间太多了。

老尹现在明白了，要想成为一个英雄，得有武器和阵地。武松是一个大英雄，但武松得有哨棒，得有打老虎的景阳冈。

老尹下决心把网络学会。

老尹从网上购物学起。他有一个现成的师傅，就是儿子。他儿子从正月初八开始就在屋里上班了。不出门，在网上也可以上班，让老尹觉得惊奇。老尹网上大大小小的事情请教儿子，他的问题太初级了，把儿子弄得很烦。

儿子说，你怎么天天无所事事啊。

儿子说，你怎么什么事都不会做呢。

老尹很生气，却又很无奈。社区里面还有那些比老尹年纪更大、完全不会用手机上网的人，这一阵完全抓瞎了。不会上网，有钱有什么用？东西来不了啊。

老尹终于学会了网上购物，啊，原来网上购物这么有意思啊，直接点需要，花的不是钱，花的是数字。钱捏在手里花出去心疼，在网上花数字，不会那么心疼。老尹看见那么多好东西，一购就无法收手。网上是多么大一个世界啊。老尹买酵母粉、买听装的面粉、五花肉、排骨、手抓饼、绍兴肉粽还有五芳斋的八宝饭，老尹还买了一个软塑面板，实用又方便。

老尹每天购物，每天喜滋滋地等快递公司打电话，每天大包小包往家里拎，他觉得成功而快乐，他想向儿子炫耀他也会网上购物，却迎来儿子鄙夷的目光。

老栾的儿子出去当志愿者了，他就在附近不远的地方，他和一帮志愿者一起，接送外地医务人员，也给社区人家配送物资。

老尹从老栾那里听到了很多他在网上看不到的消息。

有一天，老栾的儿子早上五点钟就起床朝机场赶，去干什么呢？去机场当接机志愿者。接机还要志愿者吗？老栾在电话里扳着指头给老尹算：接机要打标语旗帜吧，要引导外地医务人员从机场走出来吧，要把他们从机场带到指定的酒店住宿吧，要带他们熟悉酒店和指定的医院之间的线路吧，要给他们安排吃饭吧。

噢，疫情期间负责接待医护人员的酒店都没办法做饭了，饭还要从专门的快餐公司朝住宿的酒店送。

事情还真不少。

更重要的是为医护人员购物。几百号医护人员落地以后要买东西，洗发水、护发素、面膜、饼干，这些都在网上统计好，发给超市，超市配好之后，又由志愿者运送过来一一分发。

志愿者召集在网上，统计在网上，分发物资也在网上。离开网络，连当志愿者的机会都没有。

老尹后悔那个时候不应该图清闲到酒店当经理，很多技术是岗位带给人的，譬如老栾。老栾是财务部的，财务报账早都在用软件了，老栾当然也就学会了网络。

老尹想想自己，这么多年来他似乎只会一样，天天背着手训大堂经理和服务员，天天讲空话，日子一天一天就这么过去了。

老栾和老尹接着讨论疫情的发展走向，有一个很大的问题困扰着他们。疫情最终会控制住，可是武汉有一千多万人口，全省六千多万人，全国有十几亿人，治好了又传染上怎么办？如果照这么说，健康的人和带病毒的人混杂在一起，一直循环着治，什么时候是个头儿呢？

这个巨大的东西又拦在他们面前，当然，也拦在城市的其他人面前。

两个人都没想明白。

应该有人在操心吧。他们说。

方舱和医护

青山区也建方舱医院是老尹没想到的，方舱医院就设在武钢体育馆。老尹的微信群炸开了锅，大家都在议论这件事儿。按照官方对新冠病症的分类方法，有轻型、普通型、重型和危重型，轻型的病人送方舱医院，那体育馆这个方舱医院里的病人应该都不是很严重的轻症患者。

孙保管一下成了热门人物，好多微信群都争着把孙保管拉进群。老尹和他早就在一个群里，老尹和原来的同事们都在群里围着他打听消息。一个体育馆，那么高的空间，怎么改成医院啊？一个医院，有医生有护士有医案有药品，这些都有吗？还有，病人得吃饭，得上厕所，得换衣服，这些又如何解决？

孙保管太忙了，他没空儿一一回答，只能偶尔抽空用手机拍照发到群里，再零零星星补充几句。孙保管首先拍自己，他穿着防护服戴着护目镜，人一下子变得很神秘也变得"牛气哄哄"。孙保管在群里展示护目镜，护目镜谁见过呢？老尹和很多同事一生在钢铁企业工作，对医学是陌生的，一辈子没见过护目镜，很多人根本没听说过护目镜。

微信群里的同事每天在议论方舱医院。他们说方舱医院是一个创举，是人类疫病史上的一个奇迹；他们说那么多人同时得了病，医院没有床位，建方舱医院也是迫不得已；他们说改造体育馆、展览馆这些地方，一次性增加了几万张床位，是目前最好的办法。老尹和群里的大多数人一样，一颗揪着的心才慢慢放下。

孙保管陆续给群里的同事介绍，方舱医院叫医院，当然有医生，有护士，每个病人都有医案，医生和护士每天要逐个床位问诊，白天有医生护士值班，夜里也有医生护士值班，和正规医院一样啊。

孙保管继续介绍，他说目前收治的有几百人，病人大都是青山区附近的居民，医护人员有河南、浙江、陕西、吉林等省来的人。群里面炸开了锅，都在打听各自的老乡。武钢建厂的时候工人们来自全国四面八方，尤其以河南居多。孙保管说没有办法帮他们找老乡，每天上下班的时候领队前面有牌子，进了方舱医院以后都穿防护服，没办法认出属地来。

谁在为他们安排生活呢？

志愿者啊，孙保管说，各单位都抽调了志愿者啊，我这样的，也是志愿者啊。

群里面有些人想当志愿者，但是志愿者已经申报结束了，大家都觉得遗憾，觉得平时不上网，信息不灵通。

孙保管拍来方舱里一张一张的床位，大家一看也就明白了。

- 135 -

每隔几米一张床位，顶层很高，空间很大。

这些人怎么吃饭？每天由快餐公司一车又一车送，由志愿者们搬到方舱医院里，吃完饭之后，再由保洁人员收拾，一车又一车把垃圾拉走。

全国各个省医疗队一个一个赶来，医护人员救人的现场图片不断地在微信和网络上传播，那些看不见的小虫，总还有人对付。

大家都公认医护人员是英雄。

老尹没想到孙保管也会成为英雄人物。孙保管做了什么事呢？在方舱医院，上厕所和洗澡是大问题，孙保管的重要工作是协调这两件事。武汉在长江边，天下哪里都缺水武汉人是不会缺水的，武汉人天天要洗澡，但是在方舱医院，洗澡和上厕所成了大问题。

原来体育馆的厕所完全不够，上厕所要排队，赶紧临时协调来简易厕所，洗澡也是，每天用临时简易烧水炉一直烧。这件事忙到什么程度呢？四处找来的十几个给排水工人轮流值班一天，才能保证每个人能洗上澡，洗澡当然要控制时间，十五分钟一个人；上厕所更是排队，一个接着一个。

新闻媒体报道完医生，开始报道志愿者、清洁工，也报道和宣传了孙保管。

报纸和网络用很大的标题赞美他，说他是凡人英雄。

孙保管曾经给老尹当过司机，人倒也勤劳，但爱占点小便宜，多年来一直是工人，没有转干。大型国企和国家机关一样，级别层次很多，工人和干部有很大的区别，老尹看到孙保管当上了英雄人物，心里一下子不满起来。

哪有这么多英雄呢？老尹说。

梁山上才一百零八个，这一回，怕有几百个上千个英雄了。老尹说。

他不想再看网络了，看得心里烦。

包子和呐喊

老尹不上网了，他认为网络上假货多，包括英雄也都掺假，他干脆专心做包子。老尹每天做，老婆和儿子每天吃，都称赞他手艺一天比一天好。老尹总结出做包子的两个窍门，一个窍门是三发三饧，面粉发酵三次，饧三次。先把一大杯35℃左右的温水放适量酵母粉，加点白糖，搅匀后调面粉，揉成光滑面团，放入保温的器皿中发酵五十分钟左右；把发好的面团反复揉出里面的空气，搓长条，揪一个个的剂子，用擀面杖擀成中间稍厚点的圆包子皮；把用肉丁、笋丁、香菇丁、芹菜末加调味料拌好的料包成包子；要在料中加一点花椒水调制，肉要肥瘦搭配，把包子摆在案上饧发一刻钟。

下一步呢？

大火烧开，笼底刷点油，包子用开水猛蒸十二三分钟，关火静置五分钟，揭开，啊，都来看！都来吃！那叫一个爽！

儿子连吃几天包子，就不想吃了。

老尹不知道该干什么了。

老尹无所事事，每天在屋里晃来晃去。有一天，在库房里发现了封存很久的二胡和吉他，他把二胡和吉他拿出来，在屋子里弹一会儿拉一会儿。

老尹拉的和弹的都是《武松打虎》。

《武松打虎》这出戏可没有几个人比老尹更熟。老尹会京剧、豫剧、汉剧、吕剧和莱芜梆子，还会唱与武松打虎相关的《景阳冈》《十字坡》《潘金莲拾麦》《狮子楼》和《蜈蚣岭》。

老尹刚唱几曲，儿子开门从屋里走出来。

你怎么无所事事？儿子问。

天下还有比你无聊的人吗？儿子训斥他。

老尹心里烦，说，我无所事事？我天天网上购物，天天做包子，天天研究吃喝，不辛苦吗？

老尹看儿子又露出鄙夷的眼神，说，我正要问你，人家都在外面当志愿者，你天天关在家里干什么？

儿子望他一眼，说，你懂个屁。

老尹听到有人在网上闹事儿，在起哄和呐喊。原来是社区送菜出了事儿。

小区封了之后，居民们买菜由社区找志愿者团购代买。团购的品种、花色、价格，居民们有的不满意。那些不满意的人趁领导们来视察的时候，站在高高的楼层上投诉、起哄和呐喊。

这事儿传开了，网上议论纷纷。

呐喊就在青山区。

老尹和老栾在电话里说这件事儿。

老尹说怎么回事啊，一点儿小事儿，值得吗？老栾说都是在家里憋的啊。"封城"时间太长了，谁都受不了。买菜这种事儿，谁能替别人家买好呢？众口难调啊！

这种事儿像传染病，社区一个开始喊，其他社区也都跟着喊。

老尹也想喊。

有一回老尹在阳台，看见楼下有志愿者在门口送菜，他也站在阳台上大声呐喊。但是他刚喊几声，老栾就打电话来了。

老栾说，老尹，你喊什么喊？

老尹说，你怎么知道我在喊？你难道长着千里眼？

老栾说，你喊的那个送菜的志愿者，那是我儿子啊。

老尹说，哦，你儿子啊，不知道。

老栾说，老尹，天天给你送菜，那可是冒着生命风险的，你这么喊，算个什么英雄？

老尹说，别人一喊就上电视，我怎么刚喊一下就挨训啊。

老尹不知道该干什么，他想唱《武松打虎》，他把琴倚在胳膊下面，又怕影响儿子。

他一天一天倚着琴发呆。

报纸电视和网络随后开始赞美。说武汉是一个英雄的城市，说武汉人是英雄，说待在家里天天吃饭睡觉就是在做贡献，就是英雄。老尹在这些新闻面前有点兴奋，又有些不自信。

他没想到这样也叫做贡献，也算英雄。

老尹看着这些关于英雄的新闻，忽然哭起来。

老尹的儿子开门要出去上班了。

社区还不让出门，怎么能出去上班？

儿子打开手机，给他亮出官方开的公函。

原来老尹儿子的网络公司一直关在屋里在搞一件大事，他们在设计健康码。老尹和老栾讨论过的那个问题，疫情之后居民们要出门，健康人和带病毒的人如何区分的问题，现在官方已经解决了，用手机上的健康码识别就是主要方法之一。这么大的一件事情，是由谁做的？原来老尹儿子的公司就是设计公司之一。

老尹一下子跳起来。

你干这么大的事，为什么不早说？老尹问。

你干的这件事，我天天在惦记啊。老尹说。

儿子出门了。

老尹觉得儿子参与干了一件大事。

这件事让老尹一直激动到夜里，在梦中哭起来。

第三篇
风雪和万家灯火

骑手和外卖

老计三十九岁了，他还没成家。老计在武汉当外卖骑手，在武汉暴发新冠肺炎的时候，老计一下子出名了。中央电视台以及很多大网站大媒体报道他，但老计还是一个骑手，他每天还得一单一单送外卖，一家一家十块八块地挣钱。

老计每天大概送二十多单，一个月大约七百单，送的单子多了，很多他都会忘记，但是有些单他却一直记得很清楚。

送鱼和送药

老计春节期间没回老家十堰，他留在武汉想挣更多的钱，老计留下来就赶上了武汉"封城"，很多社区也都封了，购买食品、药品和日用品的单子很多，老计可以挣更多的钱。老计和其他骑手粗略地计算了一下，疫情期间一个骑手所挣的钱是平时的六七倍，当然人也更忙，原来只中晚餐开餐期间送，现在全天都得送。时间就是金钱。

当骑手虽说是一件简单的事，里面大致也有一些约定俗成的东西，或者叫行规。比如太远了不赚钱不去，比如老旧小区没有电梯要爬六七层甚至上十层不去等等，但是老计最近有两单却违背了这个行规，一单是送鱼，一单是送药。

疫情发生后很多超市都关了门，老计很长时间都没看到鱼了。那天老计骑车看到一个鱼档开门，就拍了一张照片发在微博上。湖北是千湖之省，武汉是百湖之市，这里的人三天不吃鱼，口味就寡淡。微博上就招来很多人眼热。老计现在有名了，微博上围观者倍增，有很多距离偏远的人也联系他。

一个住在青山区的中年妇女要买鱼，但是老计住在洪山区，青山区过去是郊区，是武钢和一冶这种大工业企业的集中地，这个单子按行规老计不会送，但老计最后还是送了；还有一个单子更夸张，有一个人点单给汉口七一九研究所里的人送药品，到七一九研究所要骑过长江二桥，过江岸区和江汉区，有超过十公里的路程，没有送单的道理，但老计还是送了。

并不是他们给了很多的钱。如果买鱼的人计算一下公里数，她自己也会吓一跳，当然，买药的也是。这两单都是不挣钱的事儿。

老计事后也在纳闷自己为什么跑那么远，后来他才明白这单子不接不行。买鱼的中年妇女说到她七八十岁的老母亲，她说她母亲不吃肉，只吃鱼，疫情之后买不到鱼了，她母亲想吃鱼；买药的是一位中年男子，他母亲得癌症了，有一种药疗效比较好，但是疫情阻隔，快停药了。

现在我们知道了，这两个单子老计愿意送都有原因，都是因为母亲。老计明白这一点自己也很吃惊，因为他很多年都和母亲关系不好。

母亲在电视前

老计身份证上姓周，人们却都喊他老计，这是因为老计最初的确姓计。老计的亲生父亲几十年前因诈骗入狱后，老计的父母离异，母亲改嫁，老计由奶奶养大。老计的奶奶因老计生父的事儿和他母亲几十年不和，这影响了老计和母亲的关系。

老计在武汉因疫情出名了，上了中央电视台，电视播出那天，老计的母亲坐在电视前。这些是老计的弟弟告诉他的。老计的弟弟是老计的母亲改嫁以后生的，和老计同母异父。老计中学时期为了能在继父的单位读子弟学校，改姓继父姓，所以老计的身份证一直姓周。他弟弟还把他母亲看电视的画面用手机拍下来发给了老计，老计看见他母亲在电视前面似乐非乐，人明显地老了。

老计的母亲知道儿子在武汉当骑手，当骑手是一个不好也不坏的职业，但是在汉水中游那一芎，当骑手毕竟不如在外面当官和当大老板，所以老计的母亲一直没向外面张扬，却没想到当骑手也能闹出这么大名气。

老计的母亲不希望儿子出多大名，她希望儿子早点成家。老计三十九岁了，还没有成家。

老计2003年在武汉一所大学毕业，毕业后在丹江口、深圳、广州和重庆都干过，2018年，老计又回到了武汉。老计毕业了十几年，干过十几种职业，谈过十几个女人，可谓经历丰富，可谓历经沧桑，可谓云卷云舒。老计是一个有故事的人。

老计有几次差一点成家了，在深圳，在重庆。老计错过的女子让他经常回忆，也经常发呆，但老计嘴上不承认。老计把没有成家的原因归结于从小父母离异，归结于从小心灵的创伤，归结于生意的失败。

老计把没有成家的原因朝经济上推。他说他特别爱小孩子。他同母异父的弟弟也在武汉工作，已经成家生了一个小女儿，老计说他特别喜欢弟弟的女儿，每次去都给她买很多东西。老计说如果成家就应该给孩子一个好的条件。老计没想到找个合意的人两个人共同把经济条件奋斗好一点，也许他也那么想了，又把自己否定了。

老计也曾经发过财。他在重庆的时候做绿松石生意。在老计老家那一带的郧阳郧西，盛产绿松石，绿松石曾经造就了当地的很多富豪，也让老计风光了几年。老计曾经赚过二三百万，这个钱在当时买个房成个家也不是问题，但老计还是没有成家。

丢垃圾与落埋怨

有一个顾客在网上点单，点完之后，在后面附注了一句：把我家门口的垃圾带下去扔了。老计不想干。这也是不成文的行规。在外卖骑手行当里，有很多零零碎碎不成文的行规。譬如点一份饭顺便让骑手带一包烟。按照商业规矩，买一包烟得另外点一个单子。但是老计还是做了，因为是熟人了，老顾客，他送完东西后顺便把点单人家里的垃圾带下去扔了。疫情期间很多天不出门，垃圾自然不少。扔完垃圾老计站了一会儿，发愣了，因为他好长时间没有垃圾扔了。

他一个单身汉，不做饭，一人吃饱全家不饿，他有什么垃圾可扔呢？噢，原来垃圾是家的一部分啊！

类似的故事还有。一个中年妇女点单购物，先给住在一个地方的母亲点，再给儿子点，后来给居住在汉口的哥哥点，最后才给自己点。点完之后，她非常耐心地交代老计，让他给老人买耐放的菜。什么菜耐放？譬如土豆、洋葱、莲藕，包括红薯，叶子菜少买，因为叶子菜容易坏，老人行动不便。给儿子点单交代的是时尚，她是一点一滴，啰啰唆唆。这当然是疫情时期的特殊情况，买的东西就多一些。

老计买东西送东西的时候在想，这个女人不容易啊。

当然了，不容易也是家的一部分啊！

老计也曾经扔过垃圾，也曾经不容易过，但老计没有珍惜。老计难以忘怀的是深圳时期的女友和重庆时期的女友，他和她们就一起扔过垃圾，一起不容易过。

老计在深圳的时候刚大学毕业，他说他在深圳起码工作过十几个单位，最长的一两年，最短的两个月甚至只有几天。老计说他当过健身房所谓的陪护教练，待过写字楼，甚至还在两个骗子公司待过。老计在两个骗子公司都只待过一两个月，一个是卖金箔精装书纪念品的，一个是广告代理，他很快就离开了。老计认为他那个时候没珍惜是太年轻，幸福的生活来得太容易，并且居无定所，经济上不允许。但多年以后在重庆他不像原来那么年轻了，买卖绿松石也发了财了，他照样没把女友和那些琐碎的日子留住。

老计承认在重庆那段时间很风光，很牛气，他觉得机会很多，他觉得机会永远都有，他觉得机会像他老家的那条汉水那样，永远都在那里等他。

事实上却不一定。

最让老计难忘的是最近送的一单，一件小事儿。还是一个中年妇女，她给她哥哥点单。她哥哥住在武昌杨园，离老计住的地方倒是不远。她点了香烟，烟是二十多块钱一包的本地烟，饮料、方便面、副食品，杂七杂八十好几样。老计送到后那个女人的哥哥下来拿东西，两个人没见上面。因为疫情控制，社区封锁，交接的地方中间有一个铁板挡着，两个人只有隔着铁板递东西和接东西。

烟，收到了。

面包，收到了。

菜收到了。

还有啊。

老计听到里面的埋怨声。怎么这幺多啊！怎么还有可乐这种碳酸饮料啊，怎么还有这，怎么还有那，这让人拿得动吗？

这种埋怨声把老计雷住了。他又愣了一会儿。

这就是家啊！

疫中之家

老计在重庆做生意最后亏本了，他把赚的钱全部赔进去，还借了几十万。除了借朋友的，还有网上的信用贷款，老计现在靠当骑手还账。借钱是必须还的，这是老计的原则。

老计在重庆做生意亏本是被人骗了，绿松石行业有个不成文的规矩，上下家拿货是不打条子的，过去是，现在还是。老计从别人手里拿货是这样，别人从他这里拿货也是这样。当然，这里面有个脸熟的问题，也有一个由少到多逐步信任的积累过程。绿松石生意赌性大，看行情起价，好一阵坏一阵，老计在行情坏的时候被人拿走了货，然后拿货的人就不见了，不知死活，也不知是亏了无法还，还是赚了不愿还。老计只好认栽。

老计被别人骗了，他却从不骗人，他把信誉看得特别重，朋友特别多。他生父是因为信誉问题出的事，所以他父亲不好的一面他坚决戒除，比如信誉，还比如喝酒，老计的生父酗酒成性，但老计滴酒不沾。

老计认为信用崩塌了人就没法回头。

老计春节留在武汉是为了多挣钱，疫情来了也应该能挣更多的钱。老计学过策划，在深圳和广州的广告公司待过，他知道哪里有商机，但是真正的商机每天在他面前的时候老计又有自己的坚持，比如中央电视台报道的他给一个老太太送青菜不收钱，比如给一个距离很远的中年妇女的母亲送鱼却按平常价，这都影响了老计多挣钱。

老计认为这是自己生意失败的原因。

扎手的钱是不能挣的。老计说。

哪些钱扎手？譬如说原来卖绿松石他从不卖假货，譬如现在在武汉，在疫中拼货这么难，随便多喊个价，是很简单的事儿，但他做不出来。

疫情来了之后老计的生意有了很大的变化，过去老计送单大多以年轻人为主，以单身汉为主，以送餐为主。在徐东朝武钢走这一带，过去是城中村，村民们盖了很多小型出租屋供外地来的年轻人租住，老计和其他骑手往那里送餐的时候较多，一开门接货，那种凌乱的无序的孤单的感觉会一下子从屋里涌出来。中晚餐过去朝写字楼送得多，也主要是年轻人。现在不同了，疫情期间点餐饮的单子相对较少，但是买米面粮油日用品和药品的单子越来越多，老计和骑手们送货的地点主要是社区，新社区和老社区都有。

老计每天碰到的是一个一个的家。

给一个一个的家送东西和原来给单身汉送东西感觉大为不

同。门一开，老计听到的是喧闹，是彼此的应答，是小声的争执，还有气味，大部分是做饭的熬汤的气味，食品的茶水的气味。每个家里的声音都不一样，每个家里的气味也都不一样，老计在一家一家门口，会慢下步子。

老计也曾经有过这样嘈杂的声音，也有过这种混合的气味。虽然只有一段时间，却一直让他回忆。他在重庆的时候，相恋的那个女友做菜并不好，但她妈妈做菜好，经常是他和女友去买菜，女友的妈妈做饭；或者他女友的妈妈做饭忙家务，他打下手，他女友一个人在边上玩。

那已经很有家的感觉了。

但最后为什么没成家呢？

老计承认自己错过了很多机会。他说他上学的时候梦想改变世界，多年打工以后，认为改变世界的方式就是多挣钱，他没想过成家，经历过失败之后，老计承认自己是一个普通人。

你发现自己是普通人，那是一回事；但是你接受自己是一个普通人却是另一回事。老计说。

老计还在一天一天接受自己是一个普通人，这个过程在他每天的骑行中，在他一单又一单送货的时候。不管是改变世界还是做普通人都得和家打交道。老计现在明白了这一点。

老计说武汉是一个更大的家，漂泊了这么多年，他又回来了，这个城市虽然你可以说它不好，但它就像一个爱唠叨且手艺不好的母亲，你可以和她赌气，但她永远在那儿。

瘟神和年

很多素不相识的人在某些时候有着共同的命运，譬如张艺和汤静，譬如张强和胡女士，还譬如余淑芳和汪总。他们都是普通人家，他们都上有老下有小，他们都居住在中部城市武汉，更重要的是，他们在刚刚进入庚子年的时候，都被这场世纪难遇的大疫情突然袭击。

老人和年

阳历刚进入2020年，汉口的很多医院都陆续被源源不断的发热病人逼得不得不开设专门的发热门诊了，年龄刚过五旬的张艺还浑然不觉。1月20日前，张艺一家的亲友陆续从郑州、长沙、北京和上海等地赶到汉口，参加20号那天她母亲和哥哥共同的生日。参加生日宴会的人有十二个，四代人，张艺的母亲八十九岁，最小的孩子年纪只有三岁。这就是中国人的年，年是围着老人过的。吃晚饭的时候电表坏了，后来又修好了。电表坏的时候他们围着老人在黑暗里聊天，他们聊到外面正在传播的有关流行疫病的话题。

他们说到了历史上流行的瘟疫和当年毛主席写的那首著名的关于瘟神的诗，所有的人都没想到这次疫情会闹这么大，会严重地影响他们和这个城市所有人的生活。

都没想到，已进入二十一世纪了，瘟神还会来到大都市，来到城市的人们之间，考验人们的神经。

和老人在一起，这就是过年了，尽管这一天和大年三十还隔几天。几代人过完一个年，然后各家各户又分别赶回去，过自己家的年。

他们万万没想到的是随后而来的"封城"，没想到出城居然还是个事儿。

张艺首先得操心哥哥朝北方的河南赶。22号她和大姐夫开车送哥哥一家到河南信阳，河南信阳的亲戚用车接着再朝郑州送。张艺送走亲戚返回武汉已经夜里一二点了。她住在母亲那里，她把沿路的麻烦和经过如漏水一样滴滴答答地说给老人听，老人听完了却并没放心，因为城市还没安宁，还有其他亲人没走。

第二天早上没起床，张艺就被大姐的电话叫醒，说武汉要"封城"。

张艺早上八点接到电话，当时大姐夫在公园锻炼，一家人还在开玩笑说如果真的封住了就不走了，他们还说，这么大个城市，能封几天呢？顶多一个星期十天吧。大姐和大姐夫一家开车上路，最终赶在十点前出了武汉，好像他们刚刚上高速，所有的离汉通道都关闭了，只差几分钟。他们沿路都在打电话感叹出城的车多人多，庆幸前一天晚上汽车加了油。他们说如果没有加油，也许就出不了城。他们碰到了几个加油站，加油的车子都排起长队，都是要离开武汉跑长途的。

有很多私家车在十点前没有走成。

张艺还有一位亲戚要进城看望老人受阻。22号她二姐的儿子坐高铁已经到武汉站了，张艺在电话里和他商量，让他直接买票离开，先到长沙，再回上海，武汉这个情况，还是不来为好。

到了真正的大年三十，该送走的都送走了，陪老人的只有张艺夫妻俩。老人住在永清城，窗外就是解放大道，过去日夜都车流喧闹，现在交通管制，一下子安静了。这种巨大的不真实的安静让她有一种隐隐的不安。

果然，随后几天，微博微信上关于医院爆满、病人住不进医院的消息就传来。张艺夫妇俩去药店抢购口罩、酒精和84消毒液，又买了连花清瘟和板蓝根，他们准备了一大堆药，让自己心里安稳。

家住汉阳区沌口一带的汤静和家住汉口马场角的胡女士，年前也都把老人接来一起住。汤静的公公婆婆二十多年来一直在汉口经营一家小店，但是这个春节前，疫情的消息四处扩散，汤静担心公公婆婆开店危险，想把老人接来一起住。就在这个时候，公公查出患了胃癌，并且已经到了晚期。汤静把老人接过来，让老人和孙女天天在一起，既有团聚的意思，也有告别的意味，所以这个春节一开始就显得悲壮和小心翼翼。

胡女士春节前把父母从外地接到汉口，除了团聚之外，还有另外一个原因，她哥哥得了直肠癌转肝癌晚期，从老家潜江赶到汉口住院。胡女士家里从不同的方向不同的城市也来了好几拨客人，都是为了看望她哥哥，但是她并没有把哥哥得重病的消息告诉父母，她怕父母受不了。一切都等过了年再说。

冬天和病

武汉"封城"的同一天，汤静发现自己在发低烧，随后的十五天，她一直在低烧。当时正值疫情高峰期，汤静每天在手机上刷新闻，看到的都是令人惊恐的消息。医院里人满为患，排队五六个小时以上，确诊之后也住不上医院，汤静拿不准自己是不是感染上了，不知道该不该去医院检查。

去医院她怕排不上队，怕在医院排队的时候人太多风险太大，如果不去，万一是那种病耽误了治疗时间怎么办？

她每天都很紧张。

汤静在家里把自己隔离起来，白天一个人待在一间房子里，和家人孩子不接触，吃饭都送到房间里。他们住的房子只有两室一厅，原来住三个人还可以，现在两个老人来了，就显得拥挤，在本来拥挤的房子里腾一间房隔离，一家人都作了难。

汤静想一个人到另一套房子去隔离，但那套房子里没有生活用具，加上春节天冷，全家都不同意。

这个两室一厅只好白天晚上分开用。

白天三个大人陪孩子在客厅玩，汤静是不能插手的，她最多只能在房间里听一听。她不敢抱孩子，孩子有时候想她了喊她，她也要拒绝，晚上她和丈夫换房，丈夫带孩子睡房间，她出去睡客厅的沙发，每次换房，都要用紫外线灯杀毒，用84消毒液拖地，开窗通风。

这十五天里，汤静每天在房间里刷手机看外面令人惊恐的疫情消息，每天量六次体温，每天都在自己是否也被传染这个问题上纠结。连续的低烧让她开始打量自己的身体和生命，她一次又一次去回忆自己的行程和接触人的范围，汤静度日如年。

十五天之后，汤静忍受不住了，无论有多大的风险她都要去医院检查。她觉得连续两周的自我隔离已经到了，她和一位医生朋友约定，一大早就出发去检查，拍CT，查血液，查到晚上基本排除了新冠肺炎。从医院出来，汤静坐在车里大哭了一场。检查用了整整一天的时间，汤静返回的时候，已经是深夜了，开车路过汉江大桥的时候，望着空空荡荡的大桥，她突然又大哭起来。

和汤静相比，在武昌华中师范大学电视台工作的张强就没那么幸运了。他被感染上了，用武汉人的说法，叫"中招"了。

张强事后一直在想他是如何"中招"的。华师都在传说，说他爱人先"中招"，他爱人"中招"后喝开水喝好了，他在旁边照顾他爱人，却"中招"了，这种传说让张强哭笑不得。

真实的情况只有张强自己清楚。

张强家住在华师西一村，1月20日，他爱人出去购物，1月24日，也就是大年三十的当天晚上，他爱人开始发烧，一烧就到39℃，一烧就连续几天。这几天他们没有到医院里去治，因为网络上传的那些医院里人满为患一床难求的图片，把他们吓住了，他们觉得在家里更安全。他从药店里买了连花清瘟、抗病毒口服液、阿莫西林等药，每天督足爱人吃药喝开水，五天以后，他爱人退烧了。

但是他爱人快退烧的时候，他却发烧了，体温一直在37.3℃—38℃，他也学着吃和他爱人一模一样的药，但是却一点不起作用。白天烧，晚上烧得更厉害，一直烧到38.5℃以上。

张强有些发慌。他感觉不对劲。他回想自己的接触史，他从年前学校放寒假开始就基本不出门，没到过其他地方，没有接触者，他把情况立即报告给社区和校医院。

连续烧了五天，张强撑不住了，他赶到附近的武汉市荣军医院去检查，除了核酸检测结果尚未拿到，其他症状基本上可以确定为新冠肺炎。

当天晚上张强发烧超过了39℃，他一晚上坐在床上无法入睡，几近崩溃。他感觉就要到另一个世界去了，他鼓励自己坚持，他告诉自己，坚持到明天，看见太阳也许就会有希望。

第二天早上社区打电话来，通知他去一家酒店的隔离点，在隔离点待了几天，他的核酸检测结果也出来了，新冠肺炎这四个字和他联系上了，他"中招"了。

他被送到方舱医院。

张强在武展方舱医院里见证了一个一个病人和他们背后的家。

张强附近一个病床的女病友完全被恐惧吓住。她每天量几十遍体温，每量一次就喊一次医生，她和家里不断地联系，边打电话边哭。她担心她会死。其他病友们都劝她，说政府对新冠肺炎分成四类，最轻的才住方舱医院，完全没有必要担心，只有病情加重才从方舱医院转到其他医院，但她听不进去，几天以后她就被转到了其他医院。

在方舱医院，还有一对夫妻给张强留下了深刻印象。这对夫妻同时"中招"了。他们在方舱内相互鼓励，相互照顾，一开始女方严重一点，男方照顾和鼓励女方，后来男方变严重了，女方反过来照顾男方。男方一度严重到转院，但后来听说还是好了。

张强在十二天后离开方舱医院回家，他的爱人因为他住院被送去隔离，他爱人在隔离期间也接受了检查，检查显示没有感染新冠肺炎。那到底是谁传给他的？至今都没弄明白。

这个冬天先晴冷后雨雪，全市疫情最紧急的那一阵，天天都湿冷，雨雪纷飞。这个城市里的一家一户都在这场湿冷的雨雪中上演着各自的故事。

汉口马场角的胡女士的哥哥得了直肠癌转肝癌晚期，住在汉口协和肿瘤医院，他做了两次手术，化疗两次，正准备继续往下治疗的时候，医院却突然通知他出院。原因很简单，新冠肺炎病人太多了，住不上医院，现在协和肿瘤医院所有的病房都要腾出来，给新冠肺炎病人腾床位。

胡女士的哥哥直肠癌转肝癌晚期的病也很严重了，手术只做了一个阶段，突然让出院，不危险吗？病人还不能排便，每天还要带一个粪袋子，这种情况出了院怎么办呢？

不出院怎么办？不出院也许更危险。那么多新冠肺炎病人住进来，中间夹几个其他病人，万一传染上怎么办？

那就只好出院，带着粪袋子每天坚持着，等待疫情转机。好在胡女士家在汉口，他们还有地方吃住。

在汉口开酒店的余淑芳老家是荆州监利，她和爱人孩子赶到杭州去旅游，过年的时候被当地隔离了。尽管遇到这样的意外，但是她还在操心远在家乡的母亲和哥哥。她母亲和哥哥在汉口生活，春节回家之后，刚过完年就感觉身体不适。他们以为县城医疗条件好，但是他们赶到县城，县城医院却人满为患，完全住不上医院。

远在杭州的余淑芳不停地给县域里的熟人打电话，找同学，找朋友，找熟人，找领导，但是谁都没有办法，她只有忍受着痛苦，听母亲和哥哥在风雪中哭诉。

他们每天在发烧，体温一天比一天高。

这可是要命的事儿。

余淑芳最后做出了一个大胆的决策，她让母亲和哥哥尽快到她家附近那个乡镇，那个更小更偏的乡镇去就医。她认为大家都往一个方向都往城里挤，也许偏远的地方才有机会。

这是多年的经营经验告诉她的。

事后证明，她的决策是正确的。

她母亲和哥哥赶到那个偏远的乡镇，住上了医院。

中年和网

张艺的哥哥住在汉口二经七横路一个小区，刚刚退休不久，在小区封闭之前，哥哥嫂子每天出门买菜，小区完全封闭之后，买菜要团购，张艺的哥哥和嫂子都不会搞。会网络操作的儿子和儿媳都回郑州了，银行卡和手机都没有绑定，这下该如何生活？

张艺在手机上一点一点教小学生一样地教嫂子操作，又从微信上转一点钱给她。

先学买菜，再学买药和缴费。

买药比买菜麻烦，买菜的超市小区附近都有，药店很多地方都关了，到医院去买，社区被封住了不让出。张艺的哥哥从2月11日开始有点低烧，去社区医院查了血，基本上排除是新冠肺炎。开了点连花清瘟回家，仍然不放心，后来嫂子又感冒，去做CT，虽然也排除了新冠肺炎，但总的来说，要四处买药。

27日，张艺的哥哥收到供电局电费欠费短信，以前交电费都是去附近的超市充值，现在社区不让出，超市也只卖蔬菜粮油这些生活必需品了，其他业务忙不过来。

张艺的哥哥嫂子学手机购物比小学生慢多了，他们学一点忘一点，只有向儿子儿媳告急，向妹妹张艺求助。

张艺的哥哥远在郑州的儿媳被拉进他们小区的团购群，每天帮他们买菜，买完之后，又电话或微信通知张艺的嫂子去取；充电费由张艺帮忙，用支付宝结合他们的户名和手机号倒腾，最后也总算搞定了；最麻烦的是买药。张艺在网上找跑腿小哥和外卖骑手到处拼药，拼到之后再送到她大哥楼下打电话让他们下楼取。

　　张艺的大哥和嫂子服气了，一家人生活搅得几家人不安宁，搅动了上千公里。大家不可能每天都有时间等着为他们买东西，哪一天别人有事儿忙着怎么办？

　　他们原来一直认为网上有骗局。现在也不管骗子不骗子，一切都从头学起。

　　不会购物的人还有很多，譬如汪总汪选龙。

　　汪总在公司什么事儿都有人安排，多年来已经习惯了，网上的事情都有人代劳。不懂网络偶尔影响到他平常的生活，譬如买机票、火车票和打牌。别人买机票、火车票在网上买，去了直接登机，汪总却要先打电话咨询，再到窗口去买，所以他一直害怕坐飞机坐火车。看着自己和那些不会网购的老人们在一起排队，汪总心里面不是个滋味。

　　还有一次打牌的经历更让他尴尬。有一天晚上他在一家酒店吃完饭之后接着打牌，打完牌已经是半夜，同行的朋友开车前面走了，等他上完厕所开着车出门，停车场大门却出不去。停车场大门是网络扫码交费后自动识别开门，他不会网络扫码交费，所以无法出门。

他打电话让前面已经离开的一个朋友尽快返回。他说，停车场怎么没有收费员呢？

朋友说，现在哪儿还有收费员啊，都用手机操作啊。

汪总不会上网，平时还将就着，对生活影响不大，在疫情期间影响可就大了。

他家里过年是不备年货的，往年过年都在餐馆里顿顿订餐，现在突然封锁了小区，才发现食盐都用不了几天。连最简单的油盐都得在网上购了。

好在女儿从外地回来了。

汪总爱吃辣，爱吃火锅，那是有名的，疫情期间，天天在家吃饭，他觉得嘴里寡淡，提不起神来。这个时候他女儿的神气就显示出来了。

汪总女儿在上海工作，春节回家后碰上"封城"，每天在网上泡着。"封城"之后，能不能吃火锅？她在网上一天一天淘，居然找到了办法。一个地方做火锅，一个地方送快递，还有一个地方卖一次性的自助火锅底座，几次拼接购买之后，汪总居然有火锅吃！

唉，"封城""封城"，吃个火锅真是太不容易了。

网络虽然好，但也有不好的时候。居住在汉阳的汤静，疫情期间非常烦恼并引发纠纷的一件事就是丈夫在网上玩游戏。

汤静的丈夫是个工科男，踏实、忠厚、老实，也清高和固执，他每天夜里在网上战斗，像一个中学生那样迷恋，每天玩到夜里两三点，早上自然起不来；后来变本加厉，白天也泡在网络游戏里，完全忘了家里还有两个老人，还有孩子和发低烧急着到医院去确诊的老婆。家里也因此吵了很多回架。

孩子和城

春节胡女士家里来了两个孩子，这两个孩子是双胞胎，一个叫胡齐森，一个叫章齐林，他们是山东胜利油田的子弟，目前在山东东营市上高中。他们春节前赶到汉口看望生病的叔叔，也就是胡女士住院的哥哥。他们原准备一个星期后返回，却没想到在武汉被困住了七十多天。

山东东营是全国少数几个无疫情城市之一，全市没有一人感染和疑似。两个孩子一个在文科班一个在理科班，他们的同学们都在微信群里向他们打听信息，要他们注意安全。这两个孩子每天和武汉市其他市民一起，感受着惊涛骇浪。

他们起初在手机上看到寿光市向武汉市捐赠五十万吨蔬菜的消息，寿光就在东营市旁边啊，这两个孩子兴奋起来，他们从此每天开始搜寻山东支援湖北的消息。

他们随后就查到山东医疗队援助武汉了，首批就有一百多人，在出发的仪式上，有很多领导讲话，有医生宣誓。他们就很激动，他们在家里面兴奋地走动，原来他们的省份和武汉如此之近啊。

后来网上开学上课，一有空闲，他们还在网上找山东医疗队。随后他们又看见山东医疗队援助湖北黄冈市，一次就来了一千七百多人。啊，这么多人，得多少架飞机，多少辆车！他们开始往下查，对医疗队和新冠肺炎这个病也有了更深的了解。医疗队还分普通组和危重组，普通组和危重组下面又分小组，相应地，这种病就有普通型和危重型，当然还有其他型。他们目光盯着山东医疗队，每有一件新闻他们都议论一天甚至几天，直到山东医疗队离开，百万黄冈人民上街欢送，他们兄弟俩仍然没有离开武汉。

武汉开城之后他们每天都在抢票，但连续几天都没有抢到。尽管他们在武汉没有出门，但他们回去之后，还是要隔离十四天。

时间一天一天过。

胡女士的母亲最终还是知道了儿子癌症晚期的消息。尽管孩子们都刻意瞒着她，但是儿子从医院里出来还带着一个粪袋子，六七十天，十几个人天天挤在一起住，慢慢也就知道了。母亲当时伤心地号啕大哭，但她并没有像孩子们担心的那样，那么容易垮掉，她坚强地支撑着自己，也鼓励着大家。

汤静的孩子只有五岁，是个女孩。疫情期间把老人接到家里居住之后，她和丈夫就失去了对孩子的管理权，孩子完全被爷爷奶奶"霸占"着，要星星给星星，要月亮给月亮。短短一个多月以后，汤静就发现女儿变了，朝骄横耍蛮的方向变。

比如爷爷吃棒棒糖和饼干，孩子也要吃。爷爷是胃癌晚期，胃病需要一些零食，家里专门给爷爷买了一些零食，孩子看见爷爷吃，也跟着要吃。汤静和丈夫都反对给孩子吃，因为孩子正在换牙，常常说牙痛，但是爷爷和奶奶都觉得没什么事儿，不要紧。汤静有几天只要一扭头就看见孩子嘴里含着棒棒糖，吃着饼干，她气都不打一处来。

为这种小事儿吵了很多架，疫情把三代人逼在了一起，什么事儿都会发生。

时间在一天一天往前熬。

大家都不知道什么时候是个头儿。

汤静的公公已经到了胃癌晚期，他每天都吃不了什么东西，每天都忍受着疼痛和痛苦。他身上贴着很多止疼膏，但还是每天赔着笑哄孙女。大家都等着疫情结束，好让老人能尽快住院医治。

2月底，张艺和大家原以为"封城"只有一个星期到十天，但是一个月过去了，城还封着。他们没等来解封的消息，却等来了女儿出国签证方面的消息。张艺女儿要办出国签证，签证办理过程要求提供无犯罪记录，张艺打电话给派出所，派出所说需要公证处的联系函。张艺当时想全城都在封锁，这件事儿肯定没戏了。她在网上查找，公证处的一个公众号平台居然可以在网上申办。她开始联系，负责办理的人员春节前已经离开了武汉，但是在外地通过网络给她办理了相关手续。她赶到公证处拿了联系函，又去派出所盖章。盖章的时候一位年轻的女警察说的话把她震住了。

她说派出所全体工作人员疫情期间没有一天休息。

她说有好几个警官被感染了。

她说警官要维持秩序，发现小区有感染者就朝医院里送，包括办理医院之间的病人转运和物资调配。

疫情期间，大家都不容易。

张艺泪水涟涟。

她还要去和二姐两个人交接照顾八十九岁母亲的工作。母亲天天一个人在家，需要几个儿女接力棒一样照顾。母亲天天惦记着送瘟神，看目前的防疫形势，也该差不多了。

张艺在博客上写道：看到空无一人的城市只想哭，从出生到现在五十多年了，这座城市已经融入血脉了。

海外和院落

美德志愿者联盟的海外抗疫似乎是从每天晚上清点人数开始的，3月下旬的一天晚上，位于加拿大的海外志愿者负责人刘艳和位于武汉的美德志愿者联盟负责人汤红秋在线上碰头儿，3月中下旬对于志愿者们来说是一段特别的日子，武汉抗疫眼看要胜利了，但开城的日子毕竟还没到来，经过一两个月和病毒作战，志愿者们也都有些疲乏，很多志愿者团队开始休整，做一些善后工作，但美德团队却有一个志愿者不见了。

什么原因？

不知道什么原因。发微信不回，打电话不接。

已经连续好几天了。

这个一连多天联系不上的志愿者是已经在英国伯明翰侨居多年的王旭东。

开会和夜空

一连几天和群里的志愿者们没有联系的王旭东正在发烧。

他正在家中隔离，按照英国的规定，他是不够入院条件的。他无法知道自己是否染上了新冠病毒。2月份他还觉得在远远地观望着武汉，觉得疫情离自己还远，没想到只过了一个多月，疫情已经包围了他的生活。

他在美国最好的同学也是最好的朋友姓高，那段时间和他一样，也消失了。那个同学在纽约，是一个一线的医生。疫情暴发以来，王旭东和那个同学几乎天天联系，和武汉的2月份时一样，纽约也是医护用品严重不足，KN95口罩有时候要用五天，那是一位很乐观的很励志的朋友，每天工作在危险的一线都非常开心，每天在微信里鼓励大家，但是突然有几天，王旭东发现他没发微信了，联系他，他也一直都没有回复。

一个人突然消失，背后必有故事。

会议开始。

每天晚上在线上开会是从武汉疫情最严重的2月份开始的，如今形成了一个约定俗成的习惯。

这个群主要以海外志愿者为主，最初是解决武汉疫情问题，时间只过了一个多月，形势大变了。

刘艳和汤红秋曾在加拿大见过一面。她记得汤红秋最初建这个群的时候只有几个人，她在加拿大，还有在英国的王旭东，在法国的韩静和美国的张露，汤红秋平时的工作是个翻译，她把几个海外朋友拉一个群，是让他们联系海外的朋友共同支持武汉，为武汉做点事儿。

后来这个群逐渐扩大，意大利的劳俊，巴西的历军玉，美国的姚晨，德国的韩敏芳和付勇攀，英国的栾中玮，法国的蒋雯丽等都加入进来了，还有一直在国内的辜家标、大象、黄建忠、姜兵等。

会议一般是在国内的晚上九点或九点半开始，这个时候欧洲的英国、德国、意大利和法国等大致在下午两点左右，美洲的加拿大、美国和巴西大致在早上九点左右。

群里的很多人相互之间都不认识，他们在微信群时，有的叫原名，有的用微信名、绰号，或者英文名，判断性格只有通过声音和语速，解决问题只有靠开会。开会就是办公，开会的过程把碰到的问题一件一件拿出来说，大家共同分析，你一言我一语，志愿者分为很多群，财务一个群，信息一个群，验收，物流都各自有群，每个群每天都有事情，都需要开会，有时候一个人得一个会接一个会开，甚至同时开几个会。

庚子年武汉的春节很多个夜晚就是在一个一个会中度过的。

今天开会讨论的是迅速暴发的海外疫情和海外志愿者的安全。

大家都在担心王旭东。

刘艳还把一个华人陪读妈妈的信息转到群里。这个陪读妈妈目前滞留在美国，她的孩子在美国念书，家和丈夫却在南宁。她育有两个孩子，儿子上高一，女儿上小学五年级，疫情一来，她觉得自己被扔在一个完全无助的世界，自己和孩子随时都可能没命。她每天恐惧，吃了饭就呕吐。一有空就躲在车里哭泣，怕孩子们看见。她心里很清晰，什么道理都明白，但就是无法控制自己，经常哭昏倒。

怎么办?

群里面你一言我一语,似乎也都没有绝对的好办法。

对于很多志愿者来说,他们不知道如果没有线上会议他们该如何生活,他们不敢睡也不愿去睡,因为还有那么多人都在暗夜中承受煎熬。

英国华侨王旭东口述:

无论我们多么乐观,当真正的生命信息轮到我们身上,还是非常紧张,没有人不怕死。我连续几天联系不上我那位美国华人朋友,最后通过朋友才找到他,他说他已经感染了,属于重症,但不属于重中之重。在美国这种情况是不在医院治疗的,只能回家隔离,他就在家里隔离了一个多星期,身体恢复之后,他又迅速回到了医疗岗位上。

我那段时间也在家隔离,武汉的志愿者们找不到我,是因为我没有力气上线,不知道和大家说什么。在武汉疫情初期,我组织了一批口罩捐赠到武汉的一家医院,后来这批口罩没有用上,因为是工作用品而不是医护用品。

当时,主要的忙碌者是武汉当地和国内志愿者,他们每天都被各种紧张的消息和需求压得密不透风,偶尔才顾及海外志愿者,我们海外志愿者的会议主要讨论捐资的情况和信息汇总,同时也利用我们的人脉关系，在国内和海外给国内的志愿者提供医用物资的厂家和商家信息。

进入 3 月中旬以来，海外群的线上会议多起来，我在武汉这个群开完，又接着给我英国这个群开，英国这个群基本上都是华人，我每天在网上一开会就是几个小时，有时候三个小时，有时候时间更长。

我们的确没想到，在欧洲，在我生活的英国，马上就和武汉一样了。我觉得英国的疫情是比较严重的，官方有数据统计和比例，英国的轻症和中症是不做检测的，也没有统计数据。大家在新闻里也都看见了，英国的首相、王子、卫生大臣、健康大臣都有感染。

院落和朋友

已经在加拿大生活二十年的刘艳至今仍然对院落情有独钟，因为她是北京人，喜欢院落，她居住在多伦多，在她的家里，院落很大，是家的重要组成部分。自从武汉遭遇疫情以来，她的院子变得更大了，变成了一个一个的微信群。她担任了四个微信群的群主，又是美德海外志愿者的主要召集人，经常组织召开很多个会议。

她现在过着双重时间或者多重时间的生活。早上起床，加拿大时间九点左右，她知道武汉的那帮朋友们马上要开会了，她开始准备会议，打开电脑和手机，三个小时或者四个小时以后，到了中午，她就知道不能再开会了，线那边的武汉已经到深夜了，该休息了。下午是武汉的深夜，她在这段时间处理自己的工作或者在院落里赏花，晚上又接上了武汉的早上，又联手在线上工作。这样的生活已经过了好几个月了。

加拿大的疫情暴发是从3月下旬开始的，感染人数急剧上升，两个星期以后就到了高峰。紧张到什么程度呢？总理夫人感染了，很多政要也都在隔离，到了4月份，紧急封锁了美加边境，关闭了很多国际航班，停飞了很多国际航线。华人在加拿大较多，她的直接朋友中没有人感染上，有一个朋友的朋友感染上了。

新闻上每报道一个华人感染的消息都会让人心里紧缩一阵，也会在华人圈里引发议论。多伦多有一个五十七岁的华人博士感染后去世了，后来知道他是四川人，毕业于北京理工大学；多伦多还有一位七十岁的林女士感染上了，住了几周之后转ICU病房，不过后来居然奇迹生还。

刘艳开始打扫院落，线下的院落要打扫，线上的院落更得打扫。她一个群一个群先刷一遍，看哪些群又有什么新信息。大群有五六百人，偶尔会有人不守规矩打广告，她都会上前去管理，警告和提示；遇上求助信息，她会转到信息组；海报设计了没有？广告语如何提炼？她似乎成了每个群里的园丁或者妈妈。一圈儿浏览下来，也该开会了。

那就开会。

"我们"的人都到了吗？

"我们"的物资送到哪儿了？

"我们"的法律顾问今天到位了吗？

"我们"成了她的口头禅，成了她院落里的常客或者常住人口，每天都在面前应一声，心里方才安定。

谁都没想到海外疫情一下子会传播这么快。

绰号叫小鱼儿的历军玉在巴西告急。巴西的急迫是从一家华人餐馆老板出事儿开始的。那个华人餐馆老板在巴西的华人群里，那个群里面有华人餐馆老板和红酒老板，也有做其他行业的。疫情开始传播了，巴西人却不戴口罩，餐馆也不停业。当时小鱼儿就问他能不能先关门歇业，他说不行，因为政府要求大家开门，他就这么开着，结果就感染了，很快就去世了。

他的去世把大家都震住了。

法国的蒋雯丽在告急，意大利的劳俊在告急，德国的韩敏芳也在告急。

志愿者刘艳口述：

在国内时间的很多个夜晚，我们一群人围在网上开会。这些会有时候有作用，但是大部分时间，我们都觉得力量不足。我们只有靠消耗掉一个一个的夜晚来消化我们的焦虑。海外疫情暴发这么快，每一个海外的华人，每一个家里有人在海外的家庭，都会有很多不眠之夜。

国内有一些朋友不明白外国人的一些文化及风俗习惯，不明白他们为什么不和中国一样，"封城"、封社区、全民戴口罩，这是一个非常复杂的问题。以我们在挪威的志愿者郑芳为例，她是中国人，她先生是挪威人，在挪威，只有得了重症才戴口罩，戴口罩会引发质疑或者很多社会问题，那么，在一个家庭里面，有必要因为戴不戴口罩而大吵大闹吗？一个家庭尚且如此，一个社会一个城市又如何呢？

我们一开始想到的就是捐赠物资。我们这些人开会讨论出倡议书，号召群里的企业家和认识企业家的朋友出来捐赠，很快就有人响应了。但是没想到捐赠还有风险。

很多国内的朋友也不明白捐赠物资会有法律问题。在2月份的武汉，也有很多捐错物资的情况，比如口罩不能用、食品在途中部分变质、机器在物流中损坏等，但是中国人的思维认为这是别人捐的，是一番好意。这是两种文化两种思维。只有长期在海外生活的人才明白这是怎么回事。我们后来在群里面引进了一些懂国际法和国际贸易方面的律师，就是为了避免有法律责任。

英国疫情和意大利疫情的曲线相似，但暴发时间稍晚一点，英国的防控措施表面上看也没有意大利那么严格，但好在他们没有医疗"挤兑"情况发生。德国的检测和轻中症控制相对较好。

这么多告急，自然不是我们一个小小的志愿者团队所能解决的，有各国的政府，有世界联合组织，但我们决定还是做一些力所能及的事，做一些各国的海外志愿者身边的事，做一些华人圈儿的事。

一开始决定还是组织捐助物资，和武汉疫情严重的2月一样，捐口罩、防护服、中药和护目镜这些。

后来在空中开会，开设心灵方舱，开设疫情法律服务课堂，开设留学生咨询，志愿者服务成了美德团队后期的主要服务方向。

加拿大一位华人母亲，她在网上听到节目后就主动从网上找来了。她女儿是一个大三学生，在安大略省的另外一个城市麦克马斯特大学，和她女儿一起住的有几个室友，其中有一室友被感染了，全家非常焦虑。

这个母亲焦虑得一夜之间全部白了头。她老家是武汉，2月份的时候她家人在武汉就有人感染，就经历过生死浩劫，现在，她觉得这个病毒又盯上她女儿了。

刘艳和她联系。刘艳首先建议她女儿搬出去，但她女儿不愿意，刘艳把电话发给这位母亲，希望与她女儿联系，但她女儿也没联系。刘艳只好和这位母亲约好，开车去看她。

车轮从网络上，从天空中，移到了地面上。

她们准备了十二服中药，准备好了砂锅，开车两个小时，到了女孩上学的地方。这个女孩觉得非常突然，当然也非常感动，后来这个女孩子也加入了美德志愿者团队。

时差和碎片

3月底，有一天晚上，汤红秋电话打了五六个小时，和她通电话的是美国西部城市洛杉矶的一位姓余的医生，他告诉汤红秋，他所在城市疫情即将暴发。当时美国东部城市纽约等地已经全面暴发，西部也开始混乱。他是一个医生，他应当义不容辞地冲在前面，但是他又很焦虑，因为他没有防护用品，因为他是华人。他甚至不敢上街，不敢随意在公共场合走动。他有持枪证，他天天把枪带在身上，睡觉也把枪放在床头。

余医生接连两天给汤红秋打电话，他上午十点开始打的时候汤红秋那里正是夜里一点，他注意到了时差，他和汤红秋说对不起，但是他还想倾诉，还想了解情况。他是通过一位美国的志愿者朋友在网上知道汤红秋的，他听说了汤红秋的故事，她从武汉"封城"第一天就组建志愿者团队，现在团队人数已经有六百多人，遍布全世界二十几个国家。他想弄明白武汉人和武汉的一帮志愿者们是如何度过那一段暗黑时光的。他觉得他碰到了一位传奇人物和疫情百科全书，他还不知道和他通电话的女子个子娇小，并不强壮。电话通到中午，又通到下午两点，这个时候国内的时间已经是凌晨四点。他再次注意到了时差，也明白了汤红秋是一个什么样的人。后来他也成了美国西部的一位华人志愿者。

法国的华人蒋雯丽原来是一位武汉姑娘，后来嫁到法国，在法国结婚生子。法国疫情刚刚暴发的时候，她已经非常焦急。汤红秋让她当美德志愿者联盟在法国的联络人，她觉得害怕。她说自己连一个口罩都没有，怎么去帮助别人呢？她说她在法国连一个高层人士都不认识，有什么能力帮助别人呢？她想起一个问题就及时提出，她当然也注意到了时差。

后来大家让她先进一个当地的华人群，又拉了一个当地有影响力的华人进美德志愿者群，她的口罩问题和帮助人的能力问题都迎刃而解了。

捐赠物资的项目后来还有"绥芬河疫情"项目和"巴基斯坦疫情"项目。志愿者张怡募集到物资后直接捐赠给海林市人民医院，有防护服、手套等；巴基斯坦的项目是武汉大学的巴基斯坦籍留学生费舍儿联系的，他也是美德团队的一个外籍志愿者，最后给他家乡那个叫木尔坦的城市也捐赠了一些物资。

在一段时间里，汤红秋觉得自己完全成了碎片，她的时间被很多个电话、被不同国家的时间割裂开来。她在夜里过美国时间、加拿大时间和欧洲时间，白天又回到中国的北京时间。夜里断断续续的睡眠影响了她的健康，严重地伤害了她的记忆，一位中医师朋友一次又一次提醒她，让她休息，让她注意身体，但是她却停不下来。

武汉2月份度过的那一个个艰难的日子她记忆犹新。在我们困难的时候，那些海外的朋友帮助了我们，现在，他们有困难了，我们能袖手旁观吗？

她想得就这么简单。

美国的呼吸治疗师马妞妞进群了。群里面有辜家标、陈榕、刘艳，还有在美国的志愿者张怀英，当然还有汤红秋。这是一个急需口罩、护目镜、防护服的休斯敦支援群，他们说医院一开始不让戴口罩，现在终于让戴了。位于德国纽伦堡的志愿者韩敏芳也拉了一个德国群，群里面有陈念、陈榕、付勇攀，当然也有汤红秋，他们在群里又说德国的情况。

不让戴口罩，怎么办？

德国的中医馆中草药配不齐，进出口有禁忌，怎么办？

组建捐赠吧，有没有资质？

这些都是问题。问题很紧急的时候，是顾不上时差的。

志愿者汤红秋口述：

我们从武汉的战场没有抽身，立即又投入到了一个新的战场，但是我们却碰到了和武汉疫情完全不同的情况。有一段时间我和我们的志愿者团队感觉特别无力，我们想帮助那些曾经帮助过我们的人，但是等我们费了很大的心力找到了国内的善心人士准备去资助的时候，却又遇到了新问题，那就是我们好心捐赠出去的物资，还有可能引发法律问题，还有可能吃官司。

我们用了很多个夜晚都在线上讨论这个问题，也请了很多律师在线上给我们指导，但最后都没有万全之策。

最终让我们做出改变的是美国耶鲁医学院的这次捐赠。

我们志愿者中有一个视频设计师叫梁泽，他夫人袁征认识协和医院的黄医生。黄医生和美国耶鲁医学院的郭建侃博士是同学。郭博士是中国旅美科协康州分会会长，他说耶鲁医学院急需一批医用物资，也就是呼吸机、防护服、护目镜、医用口罩这些，已经到了刻不容缓的程度，这个信息传给我们以后，我们就专门建了一个援助耶鲁医学院的群，我们专门做了分工，有人去找物资，有人去联系海关和物流，但是忙到后来却在捐赠上遇到了法律问题。

我们和耶鲁医学院的郭博士沟通了很久，最后决定放弃大宗物资，特别是单位对单位的捐赠，改由个人对个人的捐赠。九十九个口罩海关和法律都是允许的，是畅通无阻的，我们决定在志愿者群里面发起九十九个口罩的捐赠礼包活动，这个活动一度声势很大。

我们在很多个国家的捐赠上都遇到了相同的问题，我们多次在群里讨论，但最后明白了，有些问题不是我们所能解决的，我们只有另辟蹊径。

车轮和大象

　　大象是武汉一个救援队的名字，也是一个人的绰号和微信名，他的真名叫王海涛。武汉疫情最严重的2月初的一天，大象在朋友圈突然发了一条微信，他说一人一车，不计生死，送人送物，需要的联系。

　　大象没想到他这个行动招来了一批和他志同道合的车友，他们组织在一起，每人一辆车，每天穿行在疫情中的武汉，四处找活儿干。他们这个车队就叫大象车队，大象车队运送医务人员，运送医用物资，成了志愿者队伍中一个很有名气的团队，受到了媒体的关注和报道。当然，后来这个车队真的有人感染了，还有人付出了生命。

　　进入3月下旬，封了两个多月的武汉市马上要开城了，大象和他的车队队友们忙碌的节奏也缓慢下来。这个时候海外疫情暴发了，大象和他的车队不管多么勇敢，都无法把车队开到海外去，他们怎么办呢？他们还想干点儿事。

　　大象和汤红秋，和刘艳们一起在一天一天开网上的会议时得到了灵感。

　　疫情最严重的武汉和湖北是楚文化的发祥地，在楚辞的传说里面，太阳是坐着车子在空中跑的，它的车子叫羲和，在海外志愿者们生活的西方，赫利俄斯也是驾着太阳车在空中跑的。大象救援队的车轮能不能在空中跑呢？

美德志愿者团队随后在线上于设的疫情特别课堂证明了车轮可以在空中跑。

大象和年轻的海外志愿者们，和年轻的留学生们在一个群里，大象的车轮拉着太阳驶到了空中。大象在群里干什么呢？讲故事。大象给年轻人讲故事，讲他自己亲身经历的武汉疫情里的故事。

大象给大家讲了一个运送军大衣的故事。

2月13号晚上，大象车队的志愿者们约好第二天去给援助武汉的几个外地医疗队送军大衣，有重庆、福建、湖南，还有安徽医疗队，那天气温突降，漫天大雪，援汉医疗队冻得没办法，急需军大衣。但是第二天早上九点，到了约定的时间和地点，有一个队员却没来。

很多人都等一个人，等得很着急。

大象最后给这个队员打电话。大象说你为什么不到啊，大象说你如果不来你要说一声啊，大象说时间早到了啊。

电话那头儿是长长的安静。

大象还在电话里发火。

很久以后，电话那头儿才开口说话。那个兄弟告诉大象，他准备出小区的时候，门卫测量体温，他有38.2℃。他可能感染了。

电话那头儿一直说对不起，一直给大象道歉。

大象曾经骨折过近一年，他一滴泪水都没有流过，但是这个时候他的泪水却一直唰唰在流。

后来这个兄弟住医院治疗，他病愈出院的时候大象去接他，把当初给他办的通行证送给他做纪念。

这样的故事在夜间，在网络上，在群里面，让海外志愿者们沉默，让他们无法开口，也无法平静。

保护好自己，是救援别人、帮助别人、当好志愿者的第一课，这是大象的理念，也是美德志愿者团队一直坚持的。

不单单是大象，整个美德志愿者团队的车轮都在空中跑。

刚刚进入4月，意大利一位刚生完孩子的华人妈妈突然从阳台上跳下楼，一下子拉紧了海内外华人的心。

最先得到信息的是生活在意大利的一位网名叫大拐的华侨劳俊，劳俊4月3号在这名新生儿妈妈刚刚跳楼的当天就得到消息，他在华人圈的微信里找到那位新生儿妈妈的哥哥夏先生，夏先生正在四处告急求救。他只知道妹妹跳了楼，但四处都无法联系上妹妹和妹夫。

大拐马上为这件事建了一个群，群里有大拐、辜家标、大象、刘艳、汤红秋，还有巴西的小鱼儿，大拐把夏先生拉进群，大家共同想办法。

情况很快搞清楚了。

这位新生儿妈妈老家在浙江丽水青田，2015年去意大利生活，今年3月10日在意大利住院生孩子，16日出院；出院一周后再次住院为孩子治黄疸，就在他们第二次出院时，夫妻二人同时被查出疑似新冠肺炎！

孩子怎么办？

孩子只有送给在意大利的朋友带。

意大利这种疑似情况住不上医院，只有在家中隔离。这个时候，新生儿妈妈精神已出现异常。产后抑郁，加上看不到孩子，再加上连续五天的高烧，让她感觉到自己挺不过去了。

她跳楼的时候丈夫在另一个地方隔离。

一家人之间的信息突然都中断了。

4月6日，夏先生听说妹妹割腕自杀了，但是半天之后，又说是妹夫，信息太混乱了。

群里面兵分多路。一方面在意大利工作的大拐联系夏先生所说的医院，另一方面辜家标联系他在商务部的朋友帮忙。大拐联系那家医院得到的信息是人已经出院，辜家标联系商务部的朋友又转到商务部在意大利的分支机构，几经辗转，曲曲折折寻找。

剩下的几个人都在安慰夏先生，稳定他的情绪似乎是眼下力所能及的事。大家你一言我一语，各自施展能力。巴西的小鱼儿因为和夏先生是青田老乡，甚至用自己所学的心理学知识教夏先生，让他提振意念，相信一定会找到。

志愿者们的网上会议还在开，空中车轮也还在跑。

一周之后，夏先生和妹妹终于联系上了，新生儿妈妈终于转危为安。

第四篇
"封域"日记

"封城"记 2020年1月23日

今年过年没有回老家，这是二十多年武汉生活的第一次。

我在武汉读华中师范大学，此后就和这座城市结下不解之缘，但每年春节要回老家，是不变的规律。今年决定不回去有两个原因，一是去年父亲生病住院前后回去多次，有三四十天，现在想歇一下，正月十五再回；二是长篇小说已经开始了，相关资料摊满了书桌和茶几，如果带回去，实在不方便。

关于传染病的事听说有一阵了，但今天听到"封城"的消息还是很震惊。有几个朋友打电话来，大家相互打听消息。武汉近百年没有封过城，人们说上一回"封城"是在辛亥革命，当时为什么"封城"也不清楚。这个城市肯定发生了大事，大到一百年内都没有过，这是肯定的，有惊人之举必有惊人的原因，那是肯定的。

我立即从位于解放公园三号门附近的创作室下楼，到药店去买口罩。药店买口罩的人很多，但是已经没有口罩了。前几天看见有些人在戴口罩，不过数量很少。大部分人都觉得这疫情和自己没有什么关系。超市里开始抢购，人来人往。

中午坐出租车，司机说他们昨天都知道"封城"了。有些消息灵通的人员赶紧出城，还有一些外地人听到消息后开始包车往城外跑。主要朝武汉附近的鄂州、咸宁、孝感、仙桃和潜江这些地方的火车站跑，然后再转车离开。

出租车司机告诉我，他们运外地人起价五百，可能有的还要到八百甚至上千。他不想跑那么远，城里面生意照样好做。

这个司机说，他昨天晚上经过同济协和医院的时候有医护人员下夜班拦他的车，他拒绝了。我问为什么，是不是怕传染。他给我描述他们每经过医院附近看到的人流量之大，他们的消息更灵通。

他说，大哥，你知道我为什么拒绝医护人员吗？

我说不知道。

他说，他们平时最有钱，最富，我们看病多难！我才不带他们。

（补记：我不知道疫情发展到后来，医护人员舍生忘死的时候，这位出租车司机是不是改变了想法。）

我沉默不语。

外面下着雨，司机在汉口建设大道香格里拉附近又搭上一位乘客。按理说我可以提出异议，这是我包的车，本来平时十五块的路程却要三十块，但是在风雨中挤进来的客人说，他在外面守了一个多小时都没有拦到车，我就没有再多说。大过年的，又碰上疫情，都不容易。

乘客说要去青山区。在平时这个地方到青山区只要三四十块，司机说一口价，一百块，那个乘客同意了，不仅没有生什么气，反而庆幸终于打上车了，要赶回去过年。

骂人记　2020年1月24日—1月27日

回想起来，我二十多年没有进过西医医院，平常有点不舒服，大多都抓点中药了事。"封城"以后的几天里，从微信和网络上看到的天天都是患者无法住上医院的消息，医院里面到底怎么样，没有西医朋友，也没有第一手消息。

我大学期间的辅导员邓虹老师现在是华中师范大学校医院的书记，但我连续几天联系她，每次都听见她在骂人。邓书记是语言学博士，是著名语言学家邢福义老师的弟子，平时断然不会如此，这一阵子明显有些反常。她说话声音很大，似乎是扯着嗓子，有点类似于当年农村妇女队长喊工；话里面"老子"来，"老子"去。

没办法。她所在的医院只是一个一甲医院，现在社区里面却有很多发热病人一股脑儿朝她这个医院跑，她手下的管理层和医生有的放寒假回了老家，有的接触发热病人以后在家隔离，还有的没有防护服，上班有危险。

一个能挑一百斤的人，现在担子是五百斤、五千斤，甚至是一万斤，结果会怎么样？

她告诉我她哭了上百次。

这几天天太冷了，她提高声音分贝对抗着寒冷和不顺心的一切。

你给老子快点赶回来上班，你骑自行车也得骑回来。她在电话里对一位管理层人员大声吼。那位下属人已经在老家，离武汉二三百里。

你给老子今天必须把货送到位。她对医疗服务供货商大吼。

买不到口罩，买不到防护服，这几天什么都是乱的。她说。

有几次她吼了自己的领导，大学校级领导，并且都是半夜。她忙到夜里一两点两三点，她已经忘了时间，她把电话打给领导，解决不了的事情就发脾气，一看时间，又有点后悔。

病人以为只要是家医院，都能治发热，都能治新冠肺炎，但我们根本不具备那个能力，我们只能做一些前期工作，然后用几辆救护车，把疑似病人朝大医院送，送不出去的，就帮忙隔离。她说。

她也可以不这样。她连续多天值班，可以找一个接触病人的理由给自己开张证明在家休息隔离十四天，但那样不行。她在家待一天就受不了，医院事太多了，每天都是人命关天的事。她一边骂着娘，一边还顶着干。

安定记　2020年2月2日—2月5日

部队接管了火神山医院，来了一批又一批军医，还有，飞机场里有战机在不停地起落，市民们都在传这件事，手机里一整天都在传这方面信息。

很多人兴奋起来，也安定下来。

部队接管标志着国家重视，这是大多数老百姓的看法。

这也是历史形成的。

我的记忆里，武汉这座城市在灾难中与部队产生关系是二十多年前的1998年大洪水，那一年江夏对岸的簰洲湾溃口。当年武汉街头可以划船，公共汽车在水里面跑，鱼在大街上四处窜游。大街上漂着西瓜、蔬菜和垃圾。住在一楼的人朝楼上跑，屋顶上全站满了人。那一年是部队起了大作用，驻扎在武汉的舟桥旅，在很多地方抗洪救灾，原来很多人根本不知道有这个部队，后来一下子为武汉和全国人所熟知。

武汉人对部队的另一次认识和全国人民一样，是从电视上看的，那是汶川地震，在最危险的地方冲在最前面的，一定是军人。

天气还是很冷，但很多人都觉得看到了希望。

字条记　2020年2月6日—2月9日

百度上和手机微信里都在传一张字条，这张字条是一个九十岁的老太太写给她六十四岁的儿子的。这位老太太的儿子患新冠肺炎住进了武汉协和医院西院的重症监护室。在发热病房的五天里，老太太不顾危险，在病房里外穿梭照料。转到重症室后，她看儿子在呼吸机上难受，给儿子写了一张字条：儿子，要挺住，要坚强，战胜病魔。要配合医生治疗，呼吸机不舒服，要忍一忍……

这位老太太的儿媳和孙子都在国外，嫁到外地的女儿回武汉过年，被困在家里，老太太不让女儿出门，一个人到医院陪儿子。

连续几天，老太太都在医院里，饿了就吃方便面，困了就在病床前眯一会儿。她没有被感染。

很多人看到这张字条流泪，我也是。

（补记：后来，我拿到采访证，向中央指导组宣传组申请的第一个采访对象就是这位老太太，但是湖北省委宣传部赵主任帮忙联系并反复核实后告诉我，老太太的儿子在病房里去世了。我一下子迈不动脚步了。我没有再去采访那个老太太，不敢见她。）

假消息记　2020年2月10日—2月13日

外地的朋友传来一个自媒体制作的消息，说武钢集团前董事长邓崎琳在服刑期间窜入香港，辗转多家酒店，且拒绝配合治疗。

这则消息在国内传得很广，远远不是十万加的事儿，估计有上百万甚至千万阅读量，甚至让香港市民一度质疑内地的司法体制。刚好邓崎琳我认识，且有多位朋友和他是同事，我就开始对这则消息前前后后进行追踪。

这当然是一则假消息。

网上接触到这则消息的第一刻我有点发愣。我记得邓崎琳没有女儿，这则消息却说他的女儿把他接到香港去了。他有一个儿子我倒是知道，当时他出事的时候儿子也涉案了。我就问武钢的两个朋友，他们都一口否定了那则假消息，他们的判断依据也是邓崎琳没有女儿。

邓崎琳在武钢工作了几十年，从工人一直干到董事长，他的家庭情况武钢的老工人们都是清楚的。那个年代搞计划生育，武钢的计划生育抓得极严，他有了一个儿子，是不可能还有一个女儿的。

再说了，当时邓崎琳的判决武钢的老同志都还记得，他给国家造成了重大损失，判决书上专门有一条，是不能减刑。

网上传闻还是不断。"封城"之后，各种消息真是太多了，真假莫辨。人们都希望了解外面到底是怎么回事，这种病到底有多厉害，能不能居家隔离？哪个小区有人确诊？全城到底多少人得病？

"封城"之后，消息如同粮食和水一样重要，成了每日的必需品，人们早上一起床，就打开手机，寻找各类消息。

朋友发来一则顺口溜，最能表达武汉市民的状态：晨起开窗望高架，车辆真是少又少；阳台对面有学校，没有学生做早操；伸头又瞄小区内，小车多得停满了；垃圾清理真干净，环卫师傅辛苦了；大门保安三两个，好像更加神气了；不能外出有点憋，口罩手套都戴好；蛮想下楼打晃晃，老婆把门管住了；每天么样混点咧？手机微信多泡泡；最想看的是数据，不知何时会减少；手机微信成饲料，肚子喂得受不了……

信息消息多，就怕假信息低消息。假消息如同发霉的粮食和有毒的水，掺进我们的生活，让我们慢慢中毒。

邓崎琳到香港这件事很快澄清了。权威部门站出来说话，说邓目前仍在监狱服刑，在香港的那个邓姓人士并非邓崎琳。网上很快就平息了。

武汉武汉，城市好起来，消息也会好起来。

电话记　2020年2月14日——2月17日

襄阳朋友汪选龙打电话来，和我探讨武汉囤积的物资和基本生活保障。他把两条新闻对比起来，发现了问题。一条说武汉囤积的大米够吃六个月，一个说够吃三个月。到底够吃多长时间？

我没想到他会在这件事儿上这么较劲儿，这么细心。

自从"封城"以来，他每天打电话来。

汪总，投资地产、自来水、物业、教育等不同门类的产业；有涉及政界、商界和学界的复杂人际关系，北京大学EMBA学生，属于消息灵通人士。"封城"以后，他从北大的同学群及其他渠道给我转来很多信息，极大地丰富和补充了我对这种传染病、对一座千万人口城市管制之后如何运营的基本知识，更重要的，还不是这些。

汪总给我转来的信息说明了一个问题，我们不同的发布渠道，数据口径不一致。他给我分析细节。我并不担心我们会没有米吃，当然也不相信城市会封到三个月或者六个月，他也不真正担心，我们担心的是另外一个问题。

两个公共渠道发布的信息不一致，普通市民们看了，如果有心人对比起来，会怎么样？

这个问题在"封城"前一阵，的确是个大问题。连续多天来，他每天总是从信息里面发现问题，在我们通话的过程中，他有激动，有愤怒，有叹气，但更多的是担忧。

外面到底怎么样了？这么多信息，到底谁说的是真的？

我们没有朋友在医院现场救人，没有朋友在运送物资，没有朋友在指挥部指挥调度，大多数人都和我们一样。即使有一个亲友在某个岗位，得到的信息也只是一个方面，关于这座城市的情况，我们得到的信息都是从外面的网络上来的。大家都出不去，也只能如此。

但是我们得到的信息大部分都不一致。

到底多少人得病？到底有没有病床？医用物资到底差多少？生活物品到底涨价没有？

在超市里买菜，有人说价涨得离谱，马上有人出来说绝不涨价，到底谁的话是真的？如果我们只允许超市拿着话筒说，情况也许更糟。

医生用的口罩到底缺多少？说缺货倒并不真会影响居民的心情。

在一天一天窝在家里，一天一天盯着手机守候城市疫情消息的日子里，一个小时一个小时想了解外面到底发生了什么的日子里，电话是一种共同友情的见证。

问候记　2020年2月18日—2月21日

今天接到了两个微信问候。一个是上午，一个是傍晚的时候，一个来自北京，一个来自天津。武汉"封城"以后，外面人是怎么看待我们这些被围困的人呢？通过这些问候可以慢慢知道。

我收到的问候这一阵最多，主要是疫情太紧急。大部分问候都只有一两句，问我还好不好，家里人还好不好。这就够了。他们知道我没有被传染上，家里人也没有，问候的人就心安了。

问候里，也有人叮嘱我不要出门，不要去超市，不要这不要那，他们看到的都是网络上的新闻，武汉仿佛成了一个出门就很危险的城市，成了一个"毒"城。唉，我们天天困在城内，对于现状似乎已视为疫情期间的新常态，城外的人却时时刻刻在揪着心地挂念，实在是难为了远方的亲友们。

今天在超市排队，看到一个五六十岁的人站在门口说话，说，老子要是传上了，绝对不治，老子一个人等死拉倒！周围听他说话的人哈哈笑。没有人当真。这就是武汉人。

有些问候长一点，问我准备了中药没有。他们说武汉的社区门口为什么不用古老的办法，用大锅熬中药让市民喝。是啊，我也在想这个问题，为什么不呢？

有很多平时很少来往甚至基本上不怎么联系的人，会突然发个短信或微信，谢谢啊，你们心中的一丝善念我收到了。被围困在家里收到问候，和平时那些日子的问候，还真不一样。

夜深记　2020年2月22日—2月24日

夜里睡不着，就坐起来发呆。白天从微信里看到有一个人求助，说家人住不上医院。我相信这是真的。因为上面有电话、姓名、身份证号和家里住址，详细到门牌号。

这个人在微信里说打110、120、市长热线，全都打不通。求助的人太多了，电话打不进去。

我在这条信息面前呆了很久。我没有认识的医生和院长，帮不上这个人。认识了也没用啊，医生院长也没办法搞到床位。

很多个夜晚都如此。要么睡不着，要么睡了一会儿就醒了。

这一阵外面天天下雨，又冷。那么生了病的人，那么住上了医院和没住上医院的人，怎么在熬呢?

很多个夜晚都如此。有时候眯了会儿醒来，手机上全是朋友们发来的微信。有些是消息，有些是求助。

夜很深的时候，才知道被封住的城里很多人都无法入眠。

有几个深夜特别揪心。

第一个是李文亮去世的那个夜晚。当时在一个微信群里，有人说已经去世了，有人说还在抢救。于是群里有几百号人轮流为他祈祷，但最终传来消息，还是离开了。那天深夜我四处查消息，不知不觉，泪水已经流下来。一个普通的医生，为大众做点事，总还是有人记住他。

第二个是在微信上看见志愿者给滞留人员送饼干和泡面的那个夜晚。夜里我已经躺下准备睡了，睡前浏览了一下微信，看到这个消息，就再也无法入睡。这是一个六十多岁的滞留者，他在汉口火车站附近的地下通道睡。消息就这么多。于是我就开始猜测和想象，他为什么滞留在武汉？他家人知道吗？他是哪里人？他有没有被子？汉口火车站附近，旅店差不多都关了，商店也都不允许开了，他在哪里吃饭？在这个寒冷的春节，我们待在温暖的家里，吃喝不缺，但是有些人却因为疫情而住在医院里，有些人却流落街头挨饿受冻。

第三个晚上，是下楼扔垃圾。我的创作室在汉口解放公园附近，是一个相对繁华热闹的地带，夜里十点多吧，整个小区没有一盏灯是亮的。我以为自己看错了，定在那里等着看了很久，的确，没有一盏灯是亮着的。这样的情景让人想流泪，它和视频上空旷的大街没有一辆车的立交桥一样，让我觉得这个小区就是一座孤岛，这个城市是不是也是一座孤岛。这样的时候让人既不敢站也不敢上楼，无所适从。

沙发记　2020年2月25日—2月28日

接到采访和写作疫情的任务之后，连续几天，一直打不开局面。主要是和采访者见不了面。第一个困难是交通限行之后，很难出门；第二个困难是不知道采访谁，我刚开始看好的那个九十岁的老太太给六十四岁的儿子留字条的故事和另外两个故事，都因为多种原因断线了。

中央指导组宣传组的同志给我推荐了两个志愿者团队，我开始调查采访之后，才知道难度之大。

连续几天，我好像掉入了故事的汪洋大海，摸不着头绪。这两个志愿者团队在一个月左右的时间里发展到几百人，做过上亿元物资捐赠，做过无法统计的求助与帮扶好事，但是，他们自己却深陷在一个一个事件和巨大的情绪与压力之中。我决定先视频采访再见面采访，因为见面太难了，如果每个人见一次，在目前的条件下，很不现实。

他们有说不完的故事和流不完的眼泪。几乎每一次视频采访都有人落泪，是的，在这场疫情中做一个志愿者是很艰难的，疫情太大了，每个人都觉得渺小，团结起来仍然觉得远远不够。

这个时候我才感觉到我虽然天天困在武汉，虽然天天在看新闻看微信，但是对疫情却是多么陌生。志愿者不同，他们天天和医院打交道，和捐赠物资打交道，和病人医护人员打交道，要想短时间对他们有一个全面的把握，是很困难的。

故事太多的时候，容易犯一个错误，就是随便捞一个手边的小故事就写，这样虽然很容易完成任务，但是却在盲人摸象。

似乎没有捷径，只有在一个一个访谈中发现，在量的积累中分析。连续几天我都处在癫狂状态。手头上的长篇不能停，原来每天两三千字，现在每天勉强五六百字，要保持气脉不断；手上的采访录音却在一天一天增加。白天采访，晚上一遍一遍听录音。

这种形式下的采访写作，实在不容易，时间越来越不够用，我只好给自己定了一条纪律，这一关冲不过去就不上床睡觉，每天只能睡沙发！

沙发在客厅里，边上有书桌，有茶几，有方凳，上面全是资料。

夜里还是很冷，我就在沙发边上摆了一个摇头取暖器。

脱了衣服怕感冒，就穿着棉袄和棉鞋，再抱着被子，和沙发做伴。

志愿者们相互传递的一句话也同样感染了我，这个城市有困难了，总得为这个城市做点什么。

我现在不离开沙发，就在做点什么。

夜里，我是没有脱鞋子就盖被子睡的，沙发看见我，我也看见它，沙发没有我的身子长，我缩在上面，鞋子直接伸在被子里。

不能脱鞋子，脱了容易感冒。

采访材料就在沙发边的凳子上，就在手边，这样的姿态让人心安。

当然，我会过了这一关，必须的。

修手机记　2020年2月29日—3月2日

早上手机在充电的时候沾了点水，再也没办法充了。我发现这个问题的时候已经不到百分之二十的电，我有点发慌。

现在所有的手机维修店都关门了，怎么办？

在疫情期间，大多数人和外面联系的通道就是手机，手机几乎和米面青菜一样，成了必需品。我的手机里面还有出门采访时的照片，那是马上就要用的，里面有志愿者、滞留人员和快递人员等。

我赶紧把另一部很少用的手机找到，赶紧通知几个和手边的工作和生活息息相关的人打另一个手机号，但还是不行，手机里面的采访照片必须要用。

我坐在手机面前发呆，然后给中国电信114打电话，问有没有维修店开业或者卖手机，回答说没有。我又继续发呆。

突然想到志愿者。

我采访的两个志愿者团队都有几百号人了，他们在"封城"和社区管控的情况下，对接援助物资，为医院和社区服务，创造了很多奇迹。我开始联系两个团队的负责人。两个人听后都沉默了一会儿，都说比较难。有一个负责人说他们昨天也有一例这样的情况，有一个设计人员，手机里面存有图纸，现在手机坏了，四处求助。

我连忙关掉那个手机，为了保存里面仅有的一点电。

一个上午我都心神不宁。四处打电话，但都没有用。

平时手机维修店就在楼下的几百米处，平时出门就看到那家店铺，平时……说这些还有什么用呢？

中午我打开那个手机，里面有很多信息和问候，但都不敢回复，怕浪费仅有的一点电。坐在手机面前再次发呆，我们都离不开它了啊。

我再次给两个志愿者团队负责人打电话求助，仍不死心，他们也说在群里发一发试试。

于是我编好信息，他们帮忙发到群里。

半个小时后群里有了回音，一位住在武昌关山附近的志愿者回复，他是开维修店的，他说他可以在家维修，但他无法出小区，如果有人能送过去，他可以免费帮忙。

我们正在协调负责物流的志愿者送手机，另一个群里也有一个人回复，说他在武昌广阜屯华中师范大学附近开店，也是居家无法出门。

这个时候一个志愿者团队的负责人忽然想起她曾经有过的经历，她让我用电吹风吹一下手机试试，她说她曾经这样吹好过。

我将信将疑，立即找出电吹风吹。大约十分钟的样子，我小心翼翼地插上电试了一下，啊，奇迹出现了！感谢所有的志愿者！

关键时候，老办法还真管用！

发烧记 2020年3月3日—3月5日

下午约志愿者徐斌去位于汉阳国际博览中心的红十字会仓库采访志愿者，在仓库门口检测体温的时候，我才知道自己发烧了。

红十字会仓库很大，汽车开进仓库里都显得很小，从东北、山东以及天津等外地来的志愿者在这里接收捐赠物资并转运。大门口有三四个穿防护服戴口罩的保安在值守。徐斌在前面报了需要寻找的人名，顺利检测体温，轮到我，却过不去。我的体温是37.4℃。按照防疫指挥部的规定，超过37.3℃属于发热症状，我被禁止入内。

我完全不敢相信。

保安倒并没有为难我，他们让我在外面平静一下，再回来检测。我告诉自己平静，我对自己说我根本不可能有事儿，但是心里却一直平静不下来。我在外面转了一圈儿，外面有三三两两的志愿者，胸前挂着牌子，胳膊上戴着袖章，戴着口罩。有很多中国邮政的车辆在仓库外面排队等候。按红十字会的规定，捐赠的物资在仓库里存放不超过二十四个小时，由中国邮政车辆送到接收单位。

我再次检测，体温37.6℃。

徐斌愣住了。他刚才以为我是上楼热的，现在他怀疑我有点问题。

他问我身体有没有异样的反应，自己有没有感觉发烧。

我说没有异样的反应。

他又问我最近接触了哪些人。我除了接触几个志愿者，开过一两次小会，似乎没有接触他人。最近超市已经不对个人出售了，只能团购，要说接触，这两天我倒真和他接触稍微多一点。

他让我再平静一下，再到外面转一下。

我在外面又转了一下，沿路回想这几天所有接触的人，所待的场所，心里面直打鼓。

我又测了一回，37.1℃。

这一回给了我一点信心，我和徐斌聊了几句天，再去检测，又回到37.4℃。

我自己都觉得不好了。徐斌把我要采访的志愿者老唐从仓库里面喊出来，我们就站在外面的露台上，隔着五六米采访。

采访的时间有接近一个小时，老唐是天津人，自幼习武，他从天津经北京坐火车到岳阳，辗转到临湘，买了一辆自行车骑了两天骑到武汉，这件事一听就让人震撼。采访的过程中我强装镇定，跟着老唐哈哈大笑，但却总是分神。

中间到了吃饭时间，徐斌去领了两盒饭，老唐也把盒饭拿到露台上，我们三个隔着很远的距离边吃边聊。离我们一百多米的地方就是方舱医院，里面的病人和医护人员有一千多人，但我们却感觉不到它的存在，它太沉默了。

我想到自己莫名其妙地发烧，也说不出什么。

老唐听说我体温超过37.3℃，哈哈笑着，他说不会有什么事，他陪着我又去测了一回，还是37.4℃。

我不得不认真考虑了。

返回的时候我要求坐在车后面，免得离徐斌太近，他却坚持让我坐在前面。我们一路聊天。徐斌真是一个善解人意的人，他试图聊一些有意思的话题分散我的注意力，但是绕来绕去，还是回到这个话题上。

如果确实感染上了，怎么办？

我决定观察一天。如果确实感染了，我不会隐瞒，会尽快报告，尽快治疗。我分析是这几天工作太多，睡在沙发上的原因。虽然我还没有其他症状，但是体温已经升上来了。

徐斌开车走的是汉口沿江大道，中间有一段我们不再说话，他头别向左边窗户，我的头别向右边窗户，我们尽量不朝对方说话，毕竟是疫情高发期，真是太危险了。

到家之后，我不和女儿接触，立即熬了一碗姜汤喝，然后一个人关在房里。

平安，平安。

（补记：第二天下楼测体温，已经36.3℃了，虚惊一场。武汉武汉，你不容易大家都不容易。）

看友记 2020年3月6日—3月8日

李朝全老师带着几个报告文学作家从外地赶到武汉来深入生活，采访写作这场疫情，几个作家组建了一个临时小组，朝全老师任组长，我也在这个小组。特殊时期，大家以电话联络为主，有事才碰头。

今天下午下雨，我到他们住的武昌广埠屯附近的酒店去看他。

李朝全老师是著名的报告文学作家和评论家，我们通过电话，但没有见过面。他在2017年年底的纪实文学述评中专门点评过我写的一本书，我也看过他写的有关海明威的文章，彼此有文字缘。但是，今天我去看他，碰到一个问题，店铺基本上都关了门，买不到水具。我求助采访过的快递骑手老计，他也没买到。

见面我只好解释。我们两个哈哈笑，没有握手，疫情期间，这些俗礼都免了。这个时候来武汉，是冒着生命危险的，来了都是支持。我们两个在大厅的沙发上聊了一会儿。朝全老师有个好习惯，每天记日记。他把我们开会的过程，每个人的小观点都认真记录。我们聊到了纪实文学和非虚构。我是写小说的，近几年才开始写非虚构，写非虚构之后才知道这种文体和此前的理解不同，才知道其中的付出。朝全老师说了几句话我觉得值得记录：纪实文学作家，首先是要说真话，说了真话还要能发表，最关键的还要抢时间发表。对，一种艺术有它的限制，当然也有它的妙处。

两个人戴着口罩坐在大厅里聊，这是我看望朋友的历史里从来没有过的。武汉人一向好客，武汉又是千湖之市，想请朝全老师吃鱼，尽地主之谊，但全城没有一家开着的酒店，这也算是一种经历吧。

武汉，武汉，总有变好的时候，好在来日方长。

加油站购物记　2020年3月9日—3月11日

晚上和志愿者徐斌出门采访，外面有零星小雨。我们的车从汉口朝汉阳国博中心附近开，去那里看他们的仓库，沿途他给我讲故事，讲他当志愿者期间的酸甜苦辣。路上基本没有车辆，平时到汉阳得一个小时，现在只要二十分钟，他的叙述在阴雨中进行。

路上我们经过加油站加了一次油，却没想到加油站里的购物中心给了我一次惊喜。

社区现在管理得比原来更严了，每家每户买东西都得经过志愿者，买的东西只能是米面菜油盐这些生活必需品，至于家里的其他生活日用品，比如洗洁精、毛刷子、垃圾袋、肥皂，这些都顾不上。社区里建了一个微信群，几百户人家买菜交给几个志愿者，为买菜都吵翻了天，完全协调不过来，哪还有精力顾上日用品呢？

我开始抢购。其实没有必要抢，整个加油站只有我们一辆车。居民的车都被封在小区里了，很多小区大门完全封死，除非有任务，否则车完全出不来。

居然有饼干！居然有雪饼大礼包！居然有酱油！还有饮料！我从货架上扫了一大堆朝结账吧台拿。

柜员告诉我这里每天补的货都被扫光。他说刚才还有位车主一口气把店里仅有的几条烟拿走了。好在我不吸烟。很多小区里烟民吸完烟完全没有办法。隔着窗户喊外面的行人帮忙。

柜员看我的东西太多，给我找了一条麻袋。我和徐斌一人拎一只麻袋角站着合影，这真是一次特殊的购物经历。武汉，武汉。

理发记　2020年3月12日—3月15日

"封城"有一个多月，很多人都没有理发，今天社区买菜的群里发出通知，说在小区警务室附近安排人给居民们免费理发，要求在网上登记。

终于有人来理发了，赶紧跑过去。

理发这件原来不是事儿的小事儿，现在成了大事儿。

这一阵天天窝在家里，头发和疫情形势一样，天天见长。我是多年留平头短发的人，头发长了怎么办？朋友们在微信里分享经验，有的人说扎个辫子，有的人说自己在家用剪子剪。

我既不能接受扎个小辫子，又不愿意自己剪，就决定拖几天，心里后悔过年前没有及时理发。平时理发只需走几百米远，理发员告诉我他们正月初六上班，现在看起来还不知道什么时候能开城。终于拖不住的时候，自己拿剪子对着镜子剪了几下，但总觉得像狗在上面啃了几口。

警务室门口站满了等待理发的人。

为排序号的事儿起了矛盾。有人在手机微信上排了序号人却没有来，有人在理发的摊位前等了一阵却理不上发。理发一共有三个摊位，相互之间隔得很远，理发员们全副武装，戴着口罩、面罩、护目镜，身上穿着全白的防护服，和医院红区的护士一样全副武装。太阳很大，站着等号的人都热得满头大汗，几个理发员捂得太紧，更是热得无法忍受，每个头理到一半，都要跑到路旁边摘下口罩和面罩喘气。

负责安排序号的是社区工作人员。现场有很多人因为排序号而叫嚷。有人说他们年纪大了，根本不会用微信，更不会网上排队；还有人说应该以现场排队为准。闹闹哄哄的。

这一阵子武汉的市民很焦躁，网上爆出很多负面新闻。要说起来都是小事，居民买菜由志愿者代买，几百户家庭只有几个人负责买，怎么买得过来？只有拼区，拼团又有人不会上网，还有人嫌价格高。小区封锁时间长了，毛病自然来了。

现场有人大喊：不能搞形式主义！以现场排队为准！

形式主义这个词这一阵网上天天在说，政府上下都怕老百姓喊形式主义，武汉市有几个社区为送肉还问责处理了几个干部，所以有人喊形式主义社区干部就紧张，旁边的排队居民都哄然而笑。

理发在热烘烘的气氛中慢慢推进，大家骂着病毒，叹着气，一个一个理，一个一个等。

终于轮到我，理了一半，社区内部道路边上的一栋楼上面有人打开窗户说话。他说外面太吵了，中午理完下午换地方，不要在这儿理了！

理发员望望四周，社区分管人员走了。理发员叹口气，说，老子下午还在这里理！老子免费给大家理个发，未必有错！

众人哈哈笑。武汉，武汉。

采访记　2020年3月16日—3月18日

"封城"之后的武汉，要说什么最多，我认为是故事。今天我和咸宁滞留武汉的一位廖姓人士联系，他没有回复我，我就明白，他不会再回复我了。这是我在采访过程中碰到的又一个故事。

最初关注滞留者是看到一篇微言，但是真正接触这个话题是在采访到志愿者苏毅以后。

采访苏毅就是一个故事。

苏毅是长江商学院校友会的秘书长，是企业老总，但他在"封城"之后却当起了志愿者，在他的校友群里募捐钱物支持武汉。我在采访他之前，已经有很多媒体报道了他的捐赠故事，但是我电话采访他三四次，前前后后有十天，却一直找不到感觉。为什么？我觉得他太完美了，口才太好了，太有条理了。有一天我给苏毅打电话，我说我要见他，写故事的人最怕碰上完美的人。我们约定了一个日子，我去他家拜访。小区封锁得很严，门卫们如临大敌，在验收了证件、询问了很多之后，才同意我上门采访。

那次拜访，我看见了苏毅的一个弱点，他不会倒茶。这个普通人都会的再简单不过的技能他却很生疏。他当了二十年的企业老总，平时做饭、倒茶、卫生这些事都有人做，疫情把服务人员和他隔开，他的短板就出来了。

我见完他之后找到了感觉，回家一口气写完文章，也和苏毅成了朋友。苏毅又给我推荐了当代基金会，他说这个基金会专门寻找和服务滞留人员。

我就通过他结识了当代基金会。当代基金会的工作人员和志愿者们专门抽人陪同我去采访几个滞留人员，我就见到了今天我发微信的这个来自咸宁的滞留者。

我们见到他是前天下午大约一点的样子，他在武昌广阜屯附近一个专门为滞留人员临时开的宾馆里。他下来接我们，当代基金会还专门给他送了一箱面包、一箱方便面和早餐礼盒。他带我到他住宿的酒店，不停地喊我记者。我告诉他我不是记者，但是他认为所有来采访的人都是记者，并且所有的记者都相当于政府，都是来解决困难的。

他是在武汉"封城"以后进入武汉的，他儿子早产，当地卫生院不能救治，直接送到湖北省妇幼保健院。送到以后，他儿子进了ICU病房，他一个人在外面，既无法出城回家，又没钱住宿，当然，即使有钱也找不到酒店。

他得到了一些人的帮助。比如，他说那个科室的护士长给了他一床被子；比如，当代基金会帮他找到了救助站，每天有吃有住了；还比如，申请到了三千块钱的滞留补助。但是这远远解决不了他的实际困难，他女儿住院要交五万，他只交了两万，他领的三千块补助也交给医院了。

我听明白了。

滞留给他带来的困难只是一方面，他真正的困难是缺钱。他是一个农民，四处打工挣钱，但是身体不好，命运不济，前年他在同济医院诊断得了重症，每天吃药，现在女儿又住进医院。

他懂得求助。他找到附近的社区，也在网上发出求助。但是目前救助大多只是解决他滞留时期的食宿，没能解决他的经济困难。

他的困难是真实的，但是和"封城"却没有必然的关系，他希望好心人能对他关注更多一点。

我和他加了微信。

我向他提出一些采访的基本问题，但他来不及回答，他只想不停地说他有多苦，多困难。他把他女儿的各级诊断和他自己生病的诊断证明拍成照片，一张一张传给我。他希望记者能帮他，政府能帮他。

当他知道我的确不是政府，或者不能解决他的实际问题后，就不再回复我的问题。

我为自己能力不足而羞愧。在很多时候，我们在一些事实面前，在一些苦难面前似乎无话可说。

后来，他把他儿子住院和转院的手续、发票，还有他自己曾在同济医院就医的票证拍照发给我，我在灯下一张一张查看这些票据时，震惊了。这些真实的票据背后就是一件一件苦难的故事，这里的任何一个故事放在任何一个家庭，都足以把一个家庭击垮。他也许已经垮了，他在求助的过程中有些急切和失态，但他还在挣扎，这就不容易。

武汉，武汉。

改稿记　2020年3月19日—3月21日

纪实类作品，成稿之后给采访的当事人看一下，这是我的一贯做法，主要是核实一些关键的细节或情绪，但是观点是作者的，一旦形成就不要轻易变动。这次在改稿的过程中就有些故事。

我写美德志愿者团队的那篇文章徐斌看了之后，认为其中的有些故事有些沉重。的确是，他们这个志愿者团队是伴随着武汉的城市疫情一起发展的，疫情在前段时间那么沉重，这篇文章就和事实相符。我们见面之后聊到这篇文章，他说了几句话。

能不能让这篇文章的结尾光亮一些？他说。

如何光亮呢？

比如说我和汤红秋，我们在那段时间经常工作到凌晨三四点、四五点，能不能用天快亮了，城市即将胜利结尾？他说。

我一愣。我为他说出这些话吃惊很久。

如果他是一位文学圈内人，我不会吃惊，但他是一位企业家，他天天忙的是生产经营，他怎么会说出这些话呢？

无独有偶。我把写卫婧志愿者团队的那篇文章发给她核对修改的时候，也遇到一点问题。这篇文章写了一点她和父亲的矛盾，随着城市的疫情而转化，她对父女矛盾的表述有想法，她给我回信说，换成类似"爸爸对现在的卫婧更满意，露出了欣慰的笑容"之类。

他们两个人的修改意见我觉得有意思。

他们都是企业管理者。我在采访的过程中能感觉到他们思维的严密和语言的逻辑，他们当年都以优异的成绩考入武汉大学，可以看出他们在毕业后仍然在坚持学习，接受培训或者经常开会培训他人。

但有趣是不是恰恰就在这里呢？

他们上大学上中学都是好学生。用卫婧的话说，她"基本上都是全班第一名"，很少有第二名。徐斌当然也是。长期的语文课本作文教学已经深深地影响了他们对文章的看法、写法，甚至做人方式和工作方式。

我这才明白语文教学特别是中学语文教学对一些好学生的影响。

我上中学的时候语文成绩一般，在我的印象中我的作文从没有被老师当作范文在班上念过一次，这样就让我和他们在文章的结尾方式上各有不同的选择。

啊。哈哈哈。

网课记　2020年3月22日—3月24日

女儿上高一，在"封城"的日子里，他们开学了。每天对着电脑上网课。我一开始不相信这种教学的形式和效果，但是连续多天以后，也就习惯了。网课效果可能比实际教学要略差一点，也不上早晚自习，因此就有很多家长提意见，但是如果没有网课，这么大个孩子天天待在家里不出门会怎么样？所以我觉得，网课还真是一个创举。

一般的日子里，我在客厅写作看书，她在书房里上网课，两不相扰。我出去采访的日子，就给她留饭，或者她自己吃泡面。

网上上课，就得网上交作业，网上批改，网上计课时，一切都有点新鲜，这都是疫情把人们逼出的智慧。

女儿每天晚上都睡得很晚，基本上都在十二点左右，上网课还忙到这种程度，让我不解。有一天晚上我推门进去看，催她休息，她还在网上催一个同学交作业。在电脑屏幕上，他们那个小组，交一个作业打一个钩，有一个同学没交，拖了全小组后腿。

那个同学不单不交作业，她催了一个多小时，他都不回复。

会不会他家里有事？我说。

不会，她说，我刚才还看见他和另外的同学在网上说话，但我催作业，他就没声音了。他就是装死！

我哈哈笑起来。这也是网课的特点。

英语课通报时，女儿的课时为零，我很吃惊，原来女儿注册的时候用的是网名，自己的名下却没有学时，那要尽快改过来。

这段时间是我和女儿近距离相处观察她学习的最直接的一段时间，我看到了一个自律、勤奋的孩子，有几天她为了早上不迟到，夜里和衣而睡。我想起我当年高考前，也是多次和衣而睡，这习惯从来没教过，也遗传吗？

下午我正在客厅看书，听到她在里面高声说话。我开门去问，原来她在主持班会。女儿是班干部，她正在给大家读新冠肺炎的内容，很多内容与我正在采访和写作的东西有关，我觉得好奇，再次开门去问。

我没想到教育部门跟进这么快，还在发生的事情，已经做成资料让孩子们学习了。我开始关注细听一下，大抵是科学家医学家的意见，还有全国军民一条心都来支援湖北和武汉，最后是外国也有一些国家也开始传染了，好不到哪里去，甚至有变严重的可能性。

我听着听着开始笑起来。

内容是科普的，也有爱国主义教育的，孩子们学得很认真。

老人生病记　2020年3月25日—3月26日

老家传来不好的消息，母亲骨折了。电话是父亲和姐姐分别打来的。

母亲今年八十岁，住在襄阳谷城县。骨折的原因很简单，她在客厅里没有站稳，一下子摔倒了。

接到电话是下午。我联系省作协李修文主席和文坤斗书记，希望他们能帮助搞到出城的相关手续，我要回去看母亲。

老家襄阳市也"封城"了一个多月，最近刚刚开城，姐姐为母亲骨折的事一个下午和我通了很多次电话。

这个春节很特殊。多年来，父母在过年的时候身边没断过人，但是今年武汉和襄阳都"封城"了。姐姐和妹妹都在襄阳市区工作，但是襄阳市区的疫情封控管得一点也不比武汉差，所有的小区都封住了，买菜需要社区帮助团购；市区所有的路灯都变成红色，出城的所有路口都设有路障，她们整个春节也无法回老家。

父母身边除了我患有自闭症的儿子外，再没有其他人。

父亲八十九岁，去年骨折住院了几个月，今年能下地走路了，但仍然排不出小便，每天带着尿袋子生活了几个月。这个时候，儿女们都回不去，整个春节，我们都悬着心。

现在，母亲又出事了。

傍晚的时候修文主席和文书记来信息，说没有办法出城。该想的办法都想了，但是出城管得太严了。

修文主席告诉我他有一个亲友，曾为疫情捐助了几百万，但是为出城想了很多办法，还是出不去。

我开始想办法。我想把母亲接到武汉来做手术，但是我无法出城回去接，那边找人送，谁来送？这个方案很快被否定了。两个老人不会用手机，他们没有省内专门为每个居民设置的健康绿码，他们进不了武汉。再说，就是能进来，司机怎么办？司机进城之后就无法再出城。

第二个方案是到襄阳治，但襄阳境内县与市之间转送病人也存在绿码和封控问题。还有，目前所有的人住院，必须要先做一个星期的核酸检测，看看是不是新冠肺炎。

绕来绕去都没有好办法。"封城"，新冠肺炎，我们绕不开它，它深深地影响了我们的生活。

我的朋友周强老师遇到了和我大致相同的问题。他的母亲住在鄂州的葛店，他住在咸宁的贺胜桥。熟悉武汉的人都知道，这两个地方都是武汉市郊，相当于武汉市的卫星城，在平时他从武昌回母亲家和自己家开车可能比到汉口还快，但是前一阵，他为母亲骨折的事儿也费尽周折。

他母亲骨折的是胳膊，老人已经九十岁了，只有一个保姆在身边，他每天打电话想办法，却找不到办法。

我还听说有一家肿瘤医院，"封城"前期为了给发热病人腾床位，动员病人们都出院。有的病人已经到了重症期，根本没办法出院，但是待在医院里又有另一方面危险，发热病人都转过来，肿瘤病人就是单独一个楼层，陪护人员怎么办？

这叫次生灾害吧。

这样的情况太多太多了。

我们社区群里面，几乎天天都有人讨论买药问题。药不像萝卜白菜，可以由志愿者代买，买药要询问情况，要做诊断和了解，属于处方药必须要医生开出处方，但是，无论多紧急，城市出不了，小区出不了。

我只有打电话先稳定父母情绪，先让母亲静养，鼓励他们坚持和坚强，这也是没有办法的办法了。

好在父母通情达理。他们每天看电视了解疫情。他们整个春节总是在鼓励我们，说疫情很快会控制住，说一方有难八方支援，说他们在家很好，让我们不要操心。

武汉武汉。武汉武汉。

拆障记　2020年3月27日—3月29日

疫情期间，全国各地警戒，村与村、县与县、市与市之间，都设有路障，更不用说省与省之间的交界处。湖北省和江西省的交界是九江长江大桥，桥的一头是九江市，另一头是湖北黄梅县的小池镇。

武汉开城之前，各地市先开了，先前设的路障陆续拆除，在拆除的过程中，有些地方出了一些事。

视频里江西九江和湖北黄梅县因为拆障正在打架，我在第一时间看到了。因为我有朋友在黄梅小池商会这个群里，事件的发生地就在小池镇，我朋友的朋友就在现场。

大约两个小时过后，百度和抖音上也都有了。

到处都在复工复产，但是湖北人出省仍然是比较困难的。

先是湖北人到江苏上海受阻，务工人员包的专车在高速公路出口处，怎么都下不了高速。车牌号受限，人员受限，说好的健康绿码也受限。

在疫情前期，很多地方传去的病例的确和湖北、武汉有关，这让他们心有余悸，现在，最简单的办法就是不让湖北人去。

那么，每个省只在自己的省份工作、居住，倒回去生活，可能吗？

视频里面打架的可不是几个小混混儿，是两地的警察和警察、警察和务工人员打。原因是黄梅人特别是小池人要从九江转火车到外地务工，江西九江没有拆障，两地为健康码之类的事情纠结起来。

这样的事在全国有多例，尤其以湖北和周边接壤的省份为盛。

开城记　2020年4月11日

官方宣布武汉4月8号开城，连续几天我都在观察武汉如何开城，我在心中设想了许多武汉开城的样子，但是却一个都没有出现。

4月8号上午我准备开车回老家看望骨折的母亲，我怕上午出城的车辆太拥挤，决定下午或者晚上出发。但是上午有两拨熟人都告诉我路上的行人很少，这多少有些出乎我的意料。第一个熟人早上六点钟出城，从武汉到潜江送人，他们之所以这么早出发也是怕上午拥挤，六点多几乎没有车上路。我想这是太早了。

零点开城的直播我也看了，车辆并不多。上午十点我另外一个朋友出城从武汉市到鄂州市，路上车辆也很少。

我老家在鄂西北襄阳市谷城县，属于汉水中游。父亲当了几十年的老师，父母退休后住在冷集镇小学里。学校里院子空空荡荡，学生们从春节开始放假，到现在一直没有开学。父母说乡镇和农村学校上网课的条件还不是很成熟，有的在上，有的孩子无法上。

母亲骨折后我在武汉一直无法出城，根据乡镇卫生院拍的片子和医生的建议，决定在家静养。因为在"封城"的时候跨区域运送病人和住院都是一件难度很大的事儿。在家陪母亲待了半天之后，我觉得静养不行，母亲不停地呻吟，疼痛得无法忍受，这对于一个年届八旬的老人来说太残忍了。她无法静养，一天要下床几次，主要是挪动到床头的医用椅子上大小便。家里请的护工干做饭扫地这些杂事儿还可以，但是一个骨折病人，需要的是床头护理，而干这些事情的却是八十九岁的老父亲。

我决定把母亲送到医院。

我们赶到襄阳市中医院的时候是下午三点多。医院里住院手续多了一个新冠肺炎疫情观察和核酸检测，包括请的护工，也要做核酸检测和CT。

医院里严格控制就诊和住院人数，家人和聘请的陪护人员都要办陪护证，这是原来没有过的。

除陪护人员外，医院里谢绝亲友探视病人，一个病人基本上安排一间病房，这也和平时不同。

我在武汉一家医院的一个朋友告诉我，开城之后他们那里涌过去很多社区病人，这些病人很多是老人。这些老人在家里憋了几十天不能看病，现在终于出来了，第一件事儿就是朝医院跑。这些老人很多人不会用微信，也不会扫健康码，他们到医院后如同逛菜场一样四处走动，大声嚷着要看病。医院里确实人多，上面分管单位要求控制人数，社区病人都潮涌过来，中间环节协调的难度相当大。

把母亲初步安顿好交给姐姐后，我去见襄阳市的朋友汪选龙汪总。这个平时人流量很大的老酒店刚刚开业，只能住宿不能吃饭，我和汪总见面后就坐在大厅的开放式茶吧聊天。

汪总为晚上在哪里吃饭着急，襄阳市的餐馆基本上没有开业，他说前几天襄阳刚开城的时候，卖小吃牛肉面的只卖面不给筷子，也不给座位。那怎么吃？他们就是不想让一堆人扎在一起吃，买面的人只有拎回家里去吃。我们商定晚上不一起吃饭。两个人隔着五六米都戴着口罩说话，这样的时候去吃饭确实别扭。

汪总给我讲到他老家那个村子。他们那个村子没有一例确诊或疑似，但整个村庄大路口的岗哨至今没有撤，每天两个人值班，主要是防外人进入。

好，外人都不进了，里面的人如何生活呢？

现在才进入一个春节的时候，好像他们要把春节补回来。汪总说。

春节的时候正值管控，村民之间不能相互走动，现在开城了，每家每户都出来。汪总说他们有一个邻居，白天里门口摆了十几桌，打麻将，打扑克，打绰牌，几十个人在那里说说笑笑，在那里说各地见闻，在传外面患病的人数和死人的消息，在那里骂骂咧咧，这就是乡村社会。

汪总说他们那个村子有很多人在外面打工做生意，远的在非洲和西藏，近的在省城武汉和襄阳市，这些人现在都不出去了，每天也和村民们一起打牌。因为疫情原因，贸易停止了，打工的，外省很多单位也都不让湖北人这个时候去。汪总还说到他们村子种的菜卖不出去。他们村子地少人多，土地大部分种菜，在疫情期间菜运输不出去，都烂在地里，开春后很多人都没有心思再种，就把菜翻耕在地里沤肥。

大家聚在一起每天喝酒吃肉，打牌说笑倒是快活，但是这样能过多久？能吃着玩着一辈子吗？村里的每个人在快活的同时偶尔会锁上眉头。大家都知道不是长法，也都等待着变化。

4月10号下午我冒着雨返回。来往的高速上全都免费，但是路上车辆稀少。我原来想着高速公路口应该有很多车辆排队，应该有一种城市人口憋得无法忍受想出城的拥挤，但是这种情况没有出现；我原来以为高速路口有很多人拦住检查体温，这种情况也没有出现。

我在武汉的朋友传来信息，说他们家春节来的几拨客人开城后仍然没有买到票。车站为了控制人流量，或者出城的人数太多了，网上每天抢票都很难，估计滞留人员疏散还有一个过程，大量人员都朝车站拥，也的确有危险。

一个城市不比一辆车，停下来不容易，重新启动更不容易。

开到安陆服务区停下来吃饭，吃饭的座位也撤了，卖饭的只留一个小窗户，买完之后打包递出来。外面下着雨，里面又没有座位，在哪里吃饭呢？我看有几个过路司机在原来住宿登记的服务台边站着吃，也赶过去把饭菜放在服务台上，一群人各自调整身姿，在冷风中各自默默吃饭。

一个朋友告诉我，武汉市开城以后很多地方也是这样。原来人流量很大的商城，开城之后门可罗雀。原来七八个面包师傅二三十个品种的面包店，现在只有一个师傅，三四个品种，买完之后也给客人打包，让客人拎走。没有座位，也没有可供选择的品种，人一下子就失去了消费的劲头儿和热情。

我的一个朋友说经济好比一辆车，这次疫情好比一块黑夜里的礁石，车子撞上去熄了火，伤到的不是一个地方，它要修复好，还得一段时间。

对，劲头儿和热情，不单是买面包需要，各方面都需要。

吃完饭我在服务区站着休息，刷了一会儿手机。手机上说今天武汉市有一个地方堵车了。武汉市原来天天堵车，现在终于又堵车了。把堵车当作一个新闻，甚至当作一件高兴的事儿来传播，也真是很少有的事儿。

我准备重新启程，车还得继续往前开。

第五篇
访　谈

我们每天都在见证生命故事

记　者：武汉遭遇疫情以后，您写下了这样的文字："这座城市病了，我们都是这个城市的孩子，我们怎么办？能为这个城市做些什么？"这是您笔下许多武汉市民的心声，相信也是您自己的切身感受。作为武汉本地作家，您起初是怀着怎样的心情，决心投入武汉抗疫一线采访的呢？

普　玄：我的家距离华南海鲜市场只有不到五分钟的车程，距湖北省新华医院隔一条马路。疫情期间，我住在我的创作室。在疫情初期，武汉市民对病毒的认知是模糊的、混乱的，如果早期大家都不朝医院里拥，可能最后也不会感染那么多人。

在疫情最开始的时候，我就有一种本能和自觉。我跟一个朋友说，我们能不能开着车或者是骑着自行车，去给这个城市拍照？当时还没有社区管控，我的想法就是去拍拍医院，拍拍街道。最初几天，我每天坚持到超市去，还打出租车到处观察。到2月中旬，小区开

始严控了，出不去了。从2月下旬开始，我真正地投身
到一线，拿着证件正式去各处采访。

记　者：您后来还加入了中国作协的采访小分队，并创作和发
　　　　表了多篇抗疫题材作品。能否为我们简单介绍一下这
　　　　段经历和其间的创作成果？

普　玄：中国作协于2月下旬组建了深入武汉抗疫一线的采访小
　　　　分队，湖北作协安排我加入采访的队伍。当初有一个
　　　　简单的分工，有写科学家的，有写警察的……我的任
　　　　务就是写志愿者、滞留者等。目前，我已经完成了七
　　　　篇文章，加上二十篇日记，总共有六七万字。已经完
　　　　成的文章在《人民日报》《光明日报》《文艺报》等媒
　　　　体上陆续刊登了。我的二十篇日记，接近两万字，搜
　　　　狐网站也已经开始刊载。我跟一家出版社联系好了，
　　　　准备把在疫情期间写的这些文章，包括我正在采访的
　　　　还没有写完的一部分汇集成书。作为一位作家，我要
　　　　做的是在作品中表达真实。真实对于我的写作而言是
　　　　非常重要的一个方面。

记　者：这段时间以来，您采访了许多为防疫工作奔走出力的
　　　　普通人，有共克时艰、接力助人的志愿者，也有快递
　　　　员、医护人员和社区干部。能否分享一些打动您的、
　　　　让您印象深刻的故事？

普　玄：我采访到武汉四智堂的一位中医杨长清。他每天坚持熬制几百袋中药，赠送给附近的执勤民警，增强他们的免疫力。有一天，他家里储备的药材用完了，就开车到靠近鄂州市的中药基地采买药材。当时下着雨，他的车子陷在乡间土路的泥坑里，整夜回不来。他手机还没电了，处于失联状态，家里人还以为他出事了。那多危险哪，随时都有可能丢命啊。幸好第二天，警察发现了他，把他的车子从泥坑里推出来了，这才化险为夷。

还有一位来自天津的普通工人唐培钧。为了来武汉当志愿者，他大年初五出发，先从天津到北京，又辗转坐火车到湖南岳阳。之后他打了一辆出租车，到了离湖北最近的临湘，在那里买了一辆自行车骑到了武汉。这种温暖的、传奇的故事太多了。

我本人遭遇的一次"险情"，是有一次去武汉国际博览中心采访，门卫测我的体温超过37.4℃，之后接连测了几次，每次都显示发热状态，所以他们不允许我进去。没有办法，我只好把那个采访对象从里面喊出来，俩人都戴着口罩，在外面隔着五六米采访。我当时特别紧张，采访的时候老是分神。回来的时候，开车载我的那个志愿者朋友，他也很担心。虽然两个人都戴着N95口罩，但都特别注意着，他开车尽量将脸偏向左边，我更是注意了，脸尽量偏向右边。我回去之后喝了一碗姜汤，没有吃药，观察一个晚上，第二天就退烧了，就是普通的感冒。

记　者：您的几篇抗疫作品都很富有现场感，细节充沛，人物鲜活。听说您早年是一位记者，这对您在此次疫情期间的采访和写作有什么样的影响？

普　玄：当记者的经历，对我的这次疫情采访和写作都起着非常大的作用，让我领悟到对于重大事件，作家不要道听途说，也不要依靠社交媒体的二手资料，而是要去现场捕捉这些丰富的细节。比如《找到了当志愿者的价值和理由》一文，是我采访了两位企业家志愿者后写就的，其中一位企业家叫苏毅。当初我通过电话、视频采访了他，但之后的十几天都动不了笔，因为这个人各个方面都做得很完美，写出来感觉是个优秀事迹的陈列，而不是文学作品。于是我克服了各种困难，进了他居住的小区，到了他家里。一来到他的生活现场，我一下子开了窍。我发现，这位企业家在家并不擅于家务，倒茶都不太会。但是就因为在疫情期间，他开始学炒菜，做各种家务事。在这个过程中，他想到，疫情对患病的家庭是沉重的打击，对很多中小企业的生存发展也是沉重的打击。一味地抱怨是没有用的，最重要的是如何面对。这个转变的细节和相关的感悟都是很动人的。

记　者：在以往的写作中，您就擅长剖析小人物背后的大环境、大历史。您亲身经历的这次抗疫阻击战，带给您怎样的启示？

普　玄：当城市发展到一定的规模，容易滋生城市病，比如在生活的重压之下人际关系的防范、疏离与冷漠，这也是文学一直关注的话题。但我们在这场疫情中看到了城市的另外一面——通过许许多多普通人的共同努力，家国共同体得到了进一步的凝聚。这段时间以来，我在采访中接触到上百位这样的普通人，他们冒着被传染的危险，捐钱出力，有时还被误解，忍受委屈。而他们依然做下去，把他人的事情、把这座城市的事情当成了自己的事情，他们割舍不下的是什么？就是对他人、对城市、对国家的一种情怀。我在这些人身上，理解了"人民"这个词。这个词于我，不再是一个空泛的概念。那些每天为防疫工作做出无私贡献的人，就是人民。他们组成了发生在我眼前的一个个真实故事。

记　者：经历了这一切艰难险阻，我们欣慰地看到，武汉这座城市正在重新恢复活力，这是大家努力拼搏下的来之不易的成果。作为这座城市的一分子，您此刻的心情是怎样的？对这座城市的未来有什么想说的？

普　玄：解除离汉离鄂通道管控之后，我个人做的第一件事情就是回去看我的父母。我父亲快九十岁了。母亲八十岁，在疫情期间还骨折了。当时我听到消息，想了很多办法出城都未能如愿。现在交通恢复了，马上要赶回去。这个城市，很多小企业主面临艰难的境遇，现在他们都在想着自救；对普通的市民来说，待在家里几个月也憋不住了，急需要出来工作，要去过正常生活。这次疫情，对武汉这个城市、对中国和对世界的影响，我个人认为会持续十年到二十年。它不光对经济，对人们的生活方式，还有对于我们这个国家的历史文化的影响，都会逐渐显现出来。

（本访谈部分来源《文艺报》）

灾难正在过滤和重建我们的世界观

舒晋瑜：《生命卡点》是一个怎样的故事？

普　玄：《生命卡点》首先是一个生命故事，是一个卡点故事。《卡点教程》是书中一篇文章的篇名，文章写一位自闭症孩子的母亲，同时也是一位发热门诊医生，她在疫情期间救治患者的故事。我当初给这篇文章命名时，是受到"自闭症ABC量表"的启发。ABC量表是由一名外国医生三十多年前编制的，专供检测自闭症儿童。表中列出五十七项自闭症儿童的行为特征。五十七个项目就是五十七个卡点，生命就在一个又一个卡点之间移动。

第二个层面，在这样的大灾大疫面前，它又是多个生命故事和多个卡点故事。生命全都卡到疫病这一个地方，所以"卡点"是它的共性。

舒晋瑜：《生命卡点》在你的创作中有何不同，有什么特殊性？

普　玄：我认为这是一次生命体验课和写作训练课。对我来说，我是经历过家庭灾难的，我的孩子是自闭症患者，救治了接近二十年，我的父亲我的大哥也都是残疾人，几十年，我们这个家族一直是跟灾难相伴的。

我写灾难作品，有我的优势，我对灾难的理解，要比没有过亲身经历灾难的人更加清楚一些。关于这些，我分别在《疼痛吧，指头》和《逃跑的老板》这些作品中表达出来了。

舒晋瑜：这么近写疫情，在创作中最大的难度是什么？

普　玄：这场灾难离我们太近了，作为文学作品，我们有可能对这个事件还没有消化到位就开始创作了，那么我们在写作上，就要注意一些事情。有些文学形式，比如小说，是需要消化很长时间的，有些文学形式，比如非虚构，它跟新闻性跟时效性是相结合的。时间逼得很近，就增加了写作的难度。这就要调动作家过往的生活经验，把眼前的话题跟我们过去对灾难的理解，推到合适的位置，话题推得不能太远，当然也不能太近。太近了，我们看不清，太远了，我们抓不住，那么推到合适的位置，我们来观察它书写它。

舒晋瑜：有关灾难的写作很多，在创作中要注意什么？对灾难文学的认识，《生命卡点》达到了自己的理想吗？希望写出一部什么样的作品？

普　玄：目前关于疫情的灾难作品过多，主要是形势的需要，有些还不能说是文学作品，大部分都属于没有成形的文学作品或者说还属于新闻作品，还没有成为文学作品。

我认为灾难文学作品要注意几点：第一就是要注意真实和虚假的区别；第二要注意为自己写还是为任务写；第三要避免滥情或肤浅。

在一个巨大的灾难面前，把握真实并不是一件容易的事情。有些是表面的真实，有些是本质的真实。那么什么是表面的真实？什么是本质的真实？很多是在短时间难以区分的，需要过滤，就需要作家有丰富的阅历，要迅速把握住本质的真实。

再一个要注意为自己写作，就是为自己的心灵写作，不是为了某一个任务去写灾难文学作品，纯粹是为了完成上级布置的任务写，是写不好灾难文学的。因为文学作品，还是要发自内心。

另外，灾难文学为什么容易出现滥情呢？就是避免那种空泛的同情，空泛地抒发感情，事件必须要从自己亲身经历出发，感情才容易真实。

目前，形成的作品中大部分是写群像的，很难盯住一个人物写，这是因为时间的限制。盯住一个人，才能写深。那么，接下来的任务就是灾难文学的创作，我还有其他的发现，就是要盯住一个人物，写一本更长、更能反映灾难本质的作品。

舒晋瑜：疫情发生后，您有哪些感受？

普　玄：我的第一个感受是，这次疫情给城市化上了一次大课。一个城市过度大好还是不好？城市太集中了之后会出什么问题？我们只是想城市化的好处，城市的方便、交通、文明程度，从这次疫情可以看到城市化带给我们无法抵抗的东西。无节制的城市化对城市管理者也带来挑战。过去是上传下达，处于国家的中层；通过疫情发现，城市化给我们带来的现状是，社会是立体化、网络化的，是多层次、多侧面的，如果没有现代化思维，已经不符合我们的时代要求了。

第二个感受是，科技越发达，传统医学越重要。

舒晋瑜：能具体谈谈吗？有哪些感人的例子？

普　玄：身边感人的事例非常多。深圳张伟杰夫妇的真医堂在加拿大和捷克开设的分部在第一时间组织多笔捐款支援武汉，并利用中医专长，指导当地华人隔离，同时熬制中药让公众服用，增强免疫力。他们的弟子在武汉开了真医堂诊所，他们在疫情发生后给志愿者车队做中医保护。城市里接送医生、患者需要大量车辆，出租车已经远远不够用。城市里有多少个志愿者车队没统计过，单是同心车队徐东分队就有五百多人，车队工作风险很大，防护服不足，就只有一个口罩，诊所专门针对志愿者熬中药，给重症患者也送中药，做到了有力的防范。他们只是城市的一小股力量，但做的事情很有意义。这些都是认识的朋友，他们就在我的身边。这样的例子很多。我们过去总在说"人民"，这次忽然明白了，什么是人民？那些每天在配合防疫，自发做出必要的、微小贡献的人，就是人民。"人民"不再是空话，就是每天都在眼前的一个个真实的案例或故事。

舒晋瑜：这次疫情对武汉有什么影响，对文学有什么影响？

普　玄：这次疫情对武汉的影响是前所未有的，疫情过后有可能是另一个时代表象。从近期看，是经济和就业方面的影响；从长远看，疫情会影响人们的思维和行为方式。这座一千多万人口的特大城市，将会由外向内发生变化，放慢脚步，更注重生活品质、向健康社区发展。作为作家，我们更注意到文学的变化。疫情发生以来，人们更关注现实主义的题材，包括新闻故事在内的真实作品特别受欢迎。灾难让大家慢下来思考问题，过去抱怨的生活，这时候觉得如此可爱，大家更珍惜生活了，也更珍惜友情了。

我在疫情调查中走访了普通人物，包括志愿者和滞留人员、快递人员。他们真实的、充满生命力的故事，让我觉得疼痛，又充满力量。有力量的文学将大放异彩。

舒晋瑜：在这样的大事件面前，武汉的百姓是什么状况？您作
　　　　为作家，有什么想要表达的吗？

普　玄：在大事件面前，一个过于适应常态生活的干部或百姓，
　　　　都要调整自己适应动态生活，我们现在都是在非常态
　　　　中生活。对作家来说，多年来在平静中书写城市，书
　　　　写平静的生活，写非常态生活的作家不是很多，因为
　　　　大家没有经历过。只有经历过苦难的人，对非常态生
　　　　活有一种真实的体验才能写得出来。常态生活中城市
　　　　生活中的作家，没有重大事件的冲撞，没有切身的感
　　　　受，是没有办法表达真实细节的。这个时候也要感受
　　　　这种动态的生活或者非常态的生活。

　　　　疫情会给我们的生活带来什么，我们也正在观察。作
　　　　为有良知的作家，对待疫情的态度，首先需要真实。
　　　　要观察真实，表达真实。因为真实本身就很伟大，真
　　　　实才能推动事情的解决，才能推动疫情尽快结束。

（本访谈部分来源《中华读书报》）

图书在版编目（CIP）数据

生命卡点 / 普玄著. -- 北京：作家出版社，2021.4

ISBN 978-7-5212-1153-5

Ⅰ.①生… Ⅱ.①普… Ⅲ.○纪实文学 - 中国 - 当代 Ⅳ.①I25

中国版本图书馆CIP数据核字（2020）第197676号

生命卡点

作　　者：普　玄
责任编辑：丁文梅
装帧设计：丁奔亮
出版发行：作家出版社有限公司
社　　址：北京农展馆南里10号　　　邮　　编：100125
电话传真：86-10-65067186（发行中心及邮购部）
　　　　　86-10-65004079（总编室）
E-mail:zuojia@zuojia.net.cn
http://www.zuojiachubanshe.com
印　　刷：唐山嘉德印刷有限公司
成品尺寸：142×210
字　　数：152千
印　　张：7.75
版　　次：2021年4月第1版
印　　次：2021年4月第1次印刷
ISBN 978-7-5212-1153-5
定　　价：38.00元